吉川トリコ

うたかたの彼

実業之日本社

実業之日本社文庫

本文デザイン／山田知子（chichols）
本文イラスト／たうみまゆ

Contents

デリバリーサンタクロース

クリスマスを間近に控えたある日、
編集者から渡されたいかがわしげなチラシ。
ＵＲＬにアクセスしてみると、
ずらり並んだ若い男たちの中に、
かつてのクラスメイト——
波多野一人の名前があった。

「クリスマスはどうするの？」

十二月に入ったとたん、どこへ行ってもだれと会ってもくりだされるほとんど暴力といっていいこの質問に対するわたしの答えは数年前から固定されている。

「仕事です」

きっぱりと一言。

結果このごろでは、わたしに野暮な質問をくりだす人も少なくなった。虚勢ととられないように毎回とびきりの笑顔で答えるようにしていたのだが、どうやら逆効果だったみたいだ。三十すぎの、それも独身女のとびきりの笑顔は、ときにある迫力をもって目にした人の胸に重くのしかかる。

「クリスマスは、なにか予定あるの？」

しかし、まだいたのだ。

禁断の質問を投げかける猛者《もさ》が。

彼女は昔から知っている編集者で、わたしたちはそのとき、クリスマスネオン煌《きら》めく銀座のど真ん中でコーヒーを飲みながら打ち合わせという名の雑談に興じていた。

質問されるとイラッとくるのだが、されないとそれはそれで、いったいなんなのよ、気を使ってるつもり？　クリスマスにだれかと（ってそんなの恋人に決まってる）いっしょにいなきゃいけないって法律でもあるの？　ばかにすんじゃないわよ！　と腹立たしい気持ちになる――という自分でもどうにもしがたいアンビバレンツな感情を抱えていたわたしは思わず意気込んで、

「仕事です！」

と答えた。

もちろん、とびきりの笑顔は忘れずに。

すると相手はひるむどころか、そう、じゃあちょうどよかった、と言って、ポストカード大ほどの紙を差し出した。

赤と白と緑。クリスマスカラーで彩られたそれは、ぱっと見にはクラブイベントかなにかのフライヤーに見えた。いかにも素人臭《しろうとくさ》い、けれどなかなかエッジのきいたデザインがそう見せたんだろう。

つまりこれはどういうことなんだろう。クリスマスにひとりでクラブイベントにでも行けって？　そこで男でも漁《あさ》れってこと？　冗談じゃない、と憤りかけて、

「デリバリーサンタクロース？」

わたしはそこに書かれた文字を読みあげた。それは、なにやらいかがわしい匂《にお》いのするホーリーナイトへの招待状だった。

「そ、デリバリーサンタ。とはいっても、保育園や学童のクリスマスパーティーにやってくる出張サンタとはわけがちがうみたい。おもしろそうじゃない？」

招待状には「デリバリーサンタクロース」という文字と、ホームページのURLが記載されているだけである。デリバリーサンタクロースなるものがどんなものであるのか、料金体系や店舗の場所など、具体的なことはどこにも書かれていない。この手のチラシならこれまでにも何度か目にしたことがあった。デリバリーヘルスや出張ホストのそれだ。

「次から次へと、よくこんなの見つけてきますね」

感心してつぶやくと、仕事だもの、と彼女はすました顔で答えた。

わたしの職業はライターである。基本的に依頼があればなんでもというスタンスでいるが、おもに恋愛や結婚やセックス、女性の色事に関する仕事を請け負っている。最近ではあらゆる女性誌でこの手のアッパーな特集記事が組まれているから、いまのところ仕事にあぶれるようなことはなく、どうにかこうにかやっていけている。

「でもこれ、よくわからないけど、出張ホストのようなものなんですよね」

注意深く編集者の顔をうかがうと、彼女は片眉《かたまゆ》をつりあげて笑うだけだった。

これまでにも「ちょっとこれは」と躊躇《ちゅうちょ》するような仕事は数えあげたらキリがないほどあった。女性向けアダルトグッズショップを偵察に行き、そこで買ってきたバイブやローターを実際に使用してレビューを書いたり、出会い系に毛の生えたようなSNSで知り合った男性と一ヶ月ほどメールのやりとりをし実際に会ってデートをしてみたり（「やったの？」と何人かに訊《き》かれたけどさすがにやってない！）、風俗嬢やAV女優に突撃インタビューをしたりお見合いパーティーに潜り込んだりと、そりゃもういろいろしてきた。扱っている題材が題材なだけにさぞ性に奔放なのだろうと思われがちだが、むしろその逆で、わたしはいまだ精神的には処女である。同性が相手でも下ネタは苦手だし、「幸福なセックスをするには、パートナーとの話し合いがなにより重要」とかいう記事をでっちあげておきながら自分自身は恋人との性的なディスカッションなどもってのほか、変わったプレイや体位など試したこともないし試してみようとも思わない、がっちがちに保守的に凝り固まった人間なのだ。それでもなりふりかまわず依頼をこなしてきたのは、単に選《え》り好みをしている場合じゃなかったからである。出版不況の只中《ただなか》にあって、筆一本で食っていくためには贅沢《ぜいたく》など言ってられない。

しかし、そんな零細ライターのわたしですら、これにはさすがに抵抗をおぼえてしまった。

サンタだかなんだか知らないが、要するに男を金で買うのだ。

しかも、クリスマスに。

男を金で買う、ということに抵抗を感じているのか、それとも、クリスマスに、というところに引っかかっているのか、どちらなのか俄《にわか》には判別できなかった。わたしにとっては沽券《こけん》にかかわることだから。つまりモラルの問題ではなくプライドの問題。

クリスマスなんてしょせん商業主義が生みだしたくだらないイベントでしょ、などとうそぶきながら、その実わたしは、粘着質なまでにクリスマスというイベントを意識しているのだった。

地元の短大に通っていたころ、彼氏はおろかクリスマスをいっしょにすごす友だちの一人もおらず、だからといって家族とケンタッキーを食べるなんて中学生みたいなクリスマスをすごすのはまっぴらごめんで、ひとりぼっちでクリスマスの街をうろつくはめになった。どこへ行ってもうんざりするぐらい混んでいて、喧騒《けんそう》を逃れて入ったカフェでもほとんどのテーブルがカップルで埋まっているので、みえっぱりのわたしはだれかと待ち合わせしているふうを装わずにいられなかった。てきとうに飛び込んだクラブでは、聞いたこともないようなインディーズバンドやDJが出演する学生ノリのイベントが開催されていて、さんざんだった。

あんな無残なクリスマスをすごすのは一度きりでじゅうぶんだ。下手《へた》をうってひどい目に遭うぐらいなら、一人住まいのアパートで孤独にじっとしているほうがマシである(これってまんま、引きこもりの発想だけど)。

「検討してみます」

とだけ告げて編集者と別れ、部屋に戻ったわたしは早速ノートパソコンを開いて、チラシにあったURLを打ち込んだ。チラシと同じく、赤と白と緑を基調にしたデザインのサイトを開くと、いきなり大音量で「サンタが町にやってくる」が流れ出した。

トップページにあった「サンタの紹介」というボタンをクリックし、ずらり並んだサンタの格好をした若い男の子たち(若干数、若くないのもまじっていたが)の顔写真を眺める。SHOとかKYO-YAとか蘭とか雅とか、ヴィジュアル系バンドのヴォーカリストのような源氏名ばかり並ぶ中で、ひとつだけ目を引く名前があった。

波多野《はたの》一人《かずと》。

そんな、まさか、と目を疑った。この名前をこんなところで見つけるなんて。

肝心の写真はピンボケで、おまけに逆光になっていて、はっきり顔はわからなかった。彼と最後に会ったのは二十年近く昔のことだから、たとえクリアな写真だろうと波多野一人その人だという確信は持てなかっただろうが。それに、いくらなんでもこんなサイトに本名で登録するなんて普通に考えてありえない。

そう思うのに、これが波多野一人その人でないというはっきりした確信も持てなかった。それは、いかにもわたしの知っている波多野一人がやりそうなことだったから。

〈聖なる夜に、素敵なひとときを、貴女と……〉

電気ストーブのジジジという音がやけに耳につく薄暗い部屋の中で、わたしはどうすることもできずにモニターをにらみつづけていた。

東大に合格した。

フジロックのルーキー・ア・ゴー・ゴーで歌っていた。

NYで個展を開いた。

東京コレクションのランウェイを歩いていた。

バンコクでトゥクトゥクの運転手をしていた。

女をたぶらかして風俗に売り飛ばす、たちの悪い女衒《ぜげん》をやっている。

波多野一人の消息に関する噂《うわさ》なら、これまでいくつも耳にしてきた。どれもこれもが眉唾《まゆつば》だと聞いたそばから破棄してしまうような内容だったけれど、波多野一人ならあるいは――とつい胸に留めてしまうものだから、それでわたしは、こんなにも長いあいだ彼を忘れられずにいる。

波多野一人とは、中学で同じクラスだった。

とはいっても、卒業アルバムを開いてもそこに彼の姿は見つけられない。どこかに写りこんではいないかと、当時目を皿のようにして探しても見つからなかったので、いま探しても結果は同じはずだ。

波多野一人は二年の途中に転校してきて、二年の終わりがけにふらっと転校していった。風の又三郎みたいなやつと同級生のだれかが言っていたけれど、まさしくその通り、残されたわたしたちに強烈な印象を刻み、風のようにあらわれ消えていった。

父親が多額の借金を作って一家で夜逃げしただとか、隣の中学の女生徒を妊娠させてしまっただとか、突然の転校についてさまざまな憶測が飛び交っていたが、そのどれもが陳腐きわまりなく、おもしろみに欠けるもので、わたしは気に入らなかった。どうせ真実は藪《やぶ》の中、だったらもっと愉快で楽しいほうがいい。あたりまえの理由じゃ、波多野一人にふさわしくないから。「普通に考えてありえない」のが波多野一人なのだから。

——彼の父親はサーカス団の団員だった。

思いついた中でいちばん突飛で、波多野一人にふさわしい物語。

わたしが生まれ育った町は、山と川とのっぺりした住宅街のほかにはなにもない辺《へん》鄙《ぴ》な田舎町《いなかまち》だったのだが、町のはずれに中世のヨーロッパを模したテーマパークがあって、定期的にサーカス公演がおこなわれていた。そして、波多野一人が町にいたちょうどその時期に、サーカス団が町にきていたのだ。

これはただの偶然か、あるいは——。

わたしはこの空想を気に入った。彼の父はナイフ投げの名人で——いや、やっぱり道化師がいい。母親は火吹き女——全身に金粉を塗ったダンサー、もしくは猛獣使いでもいい。ふたりは毎晩のように、空中ブランコの上でアクロバティックなセックスを試し、その結果、彼を授かった——まったくばかげた空想だけれど、十四歳の田舎の少女には孤独な夜を慰めるなによりのお愉《たの》しみだった。

写真は手元に残っていないが、当時の彼の姿なら、いまでもくっきり思い浮かべることができる。

端的に言って、彼は美しかった。

欠点なく整った顔立ちというのはそれだけで没個性になりがちだが、見る者を不安にさせるような憂いを帯びた三白眼が、どうしようもなく彼を個性的に、色っぽく見せていた。転校してきたその日から、女生徒の多くが彼に夢中になった。彼に恋しなかった残りの女生徒は、すでに決まった相手がいるか、身の程をわきまえているかのどちらかだった（ただし、わたしはそのどれにもあてはまらない）。

色素が薄く、髪は栗色《くりいろ》で、しょっちゅう頭髪検査に引っかかっていた。「前にも注意しただろう」と言って、彼の前髪を引っつかんだ生活指導の教師に、「前にもお話ししましたけど、生まれつきなんです」とへらへら笑って答えていた。その態度が教師の癇《かん》にさわったのだろう。その日のうちに、親の呼び出しを食らっていた。

結果的に、それが彼の「功績」になった。上級生の女とやったとか、駅裏のパチンコ屋で原付自転車を盗んだとか、校内で煙草《たばこ》を吸って一週間の停学を食らったとかいったことが武勇伝になる、頭の悪いヤンキーばかりが集まる片田舎の公立中学で、つまり彼は、男子生徒たちからも認められたのだ。

かといって、波多野一人が目立って反抗的な態度に出ることはなかった。教師には従順だったし、生まれつきの髪の色以外は校則を遵守していた。そして、（やっかいなことに）彼はすこぶる頭が良かった。学年一位の地位を不動にしていたガリ勉くんはあわれ王座を追われ、たった一度の定期テストで波多野一人は教師からの信頼も勝ち取ってしまったのだ。

そこからは彼の天下だった。

日替わりでちがう女の子と下校し、学校では優等生の仮面をかぶって、放課後には悪たれどもとつるんで悪行三昧《ざんまい》。自分の手は汚さず、仲間に万引きさせて、独自のルートで盗品を売りさばく。彼の錬金術は少年たちを虜《とりこ》にした。せいぜい煙草止まりだった片田舎の中学生がマリファナをおぼえたのは彼のしわざだったし、女をイカせるという発想などまったく頭にないみこすり半の男子たちに、クリトリスとGスポットの存在を教えたのも彼だった。彼の斡旋《あっせん》により、晴れて童貞を卒業した男子も数多く存在したらしい。

風の又三郎なんてとんでもない、波多野一人は、手のつけられない恐るべき子どもだったのだ。

わたしはいわゆる文化系女子というやつで、ヤンキー文化がはびこる学校内では日陰の存在だった。だから、波多野一人と一日限りの下校をするため、御鈴《おすず》廊下に顔を並べる権利すらなかったし、日向《ひなた》の世界の住人であるヤンキー集団から武勇伝を聞かされる機会にも恵まれていなかった。

それでわたしは、波多野一人を一方的に敵視する、という行動に出た。みえっぱりで自意識過剰な少女だったわたしは、他の多くの女生徒たちのように、波多野一人及び彼を取り巻く周囲の動向に関心をしめすことを潔しとしなかったのだ。

といっても、真っ向から敵対していたわけではなくて、なんの権力も持たない孤独なテロリストにできることといったら、

「ヒトリがまたなにかやらかしたらしい」

と彼に関する噂話をだれかが運んでくるたび、あくまでクールに興味なさそうな態度を押し通したり、学校中のだれもが「ヒトリ」と彼を呼んでいる中で、あくまで「波多野一人」とフルネームで呼びつづけるぐらいのことだった。要するにただの一人相撲。わたしに坂本龍馬ほどの行動力があれば、文化系と体育会系に同盟を結ばせ、波多野一人を王座から引きずりおろすことだって可能だったかもしれないのに。

わたしにとって波多野一人は、意識しまいとすればするほど、どうしようもなく意識せずにいられないクリスマスのような男だった。

その男が、デリバリーサンタクロースとして再び目の前にあらわれたのである。

この皮肉な符合は、わたしに確信をもたらすのにじゅうぶんだった。すなわち、このお粗末なセルフポートレートの被写体が、波多野一人その人であると。

わたしはまず、徹底的なリサーチをはじめた。

職業柄か、それとも単にそういう性質なのか、なにかをしたりどこかへ出かけたりするとき、なにも持たずに飛び込むような真似《まね》をわたしはしない。それが未知の世界であればあるほど、下調べは入念に、持てるだけの武器と防具を揃《そろ》えてことにのぞむのがわたしのやり方である。

サイトをすみずみまで見たところによると、デリバリーサンタクロースは一風変わった出張ホストの一種と考えてよさそうだった。期間限定のコスプレホストといったところだろうか。ほかにも、デリバリー眼鏡男子やらデリバリースーツ男子やら、同じ会社が運営する多種多様なデリバリー男子のサイトが世のおなごすべての萌《も》えに対応するかのように用意されていた。ほとんどのホストがあちこちのサイトに重複して登録していたが（女装男子とかどすこい男子とかいった変わり種は除く）、波多野一人の名前はほかでは見つけられなかった。つまり、このクリスマスを逃したら波多野一人には会えないということだ。

出張ホストにはまっていると評判の女性作家の体験記をかたっぱしから読みあさり、実際、出張ホストを買ったことのある知人からも話を聞いた。最近は素人同然のホストが小遣い稼ぎに登録していることも多いから、もしよかったら信頼できるサイトを紹介するという申し出は丁重にお断りした。まさか、すでにお目当てのホストがいるなんて言えるわけもなかった。

そして、これがいちばん肝心なのだが……。

出張ホストにはデート専門とヘルス専門の二種類があるらしい。文字通り、前者はデートのみ、後者はセックス込みのホストである。

デリバリーサンタクロースのサイトを見ても、サービス内容については「交渉次第」とざっくり書かれているだけで、肝心なところはぼかされている。ホストによっては紹介文の欄に、〈お泊りデートも可能です〉〈特別サービスについてはプラス二千円で承っております〉などとほのめかすようなことが書かれているのだが、波多野一人にいたっては、たった一言〈よろしく〉のみという体たらく。やる気あんのか、と引っぱたきたくなるほどである（そのあたりが、また、憎らしいほどに波多野一人なものだから忌々《いまいま》しい）。

はたして波多野一人はデート専門なのかヘルス専門なのか。

そのことに思い至ったとき、これは現実なんだ、とあたりまえのことをわたしは思った。急激にことが生々しくなってきたというか、それまでのリサーチ段階では、まだなんというか、シミュレーションをしているような気分だったのだ。夢をみていたと言い換えてもいい。

たとえばわたしは、引っ越しの予定もないのに賃貸情報誌を買ってきて間取りを眺めるのが趣味である。相手もいないのに生まれてくる子どもの名前を考えたり、買ってもいないのに宝くじが当せんしてからのことを夢想したり、行く予定もない国のガイドブックにほうと見とれたり、街ですれちがった様子のいい男と運命の恋に落ちる妄想をしてみたり……そうして、いっときの夢に酔う。

夢はわたしを傷つけない。夢はわたしを解放する。夢の中でならわたしはいくらでも大胆に、自由に、奔放にふるまえる。夢をみることで、無様《ぶざま》な現実を生きる自分との折り合いをつけているのかもしれない。踏み出せないからこそ、夢をみるのだ。

今回だって、夢は夢のままにしておいて、いくらでも引き返すことはできた。けれど、わたしは考えてしまった。というか、いやおうなく突きつけられてしまった。

波多野一人とやりたいのか、やりたくないのか、という問題を。

もちろん、彼がデート専門であるならば、やりたいやりたくない以前に彼とはやれない。でも、万が一、オプションでセックスも可能なら？

興味なら、ある。
わたしはすぐさまノートパソコンを開き、衝動にまかせて二通のメールを書いた。
検討してみたけれどやはり気が進まない、と断りのメールを編集者に、クリスマスイ
ブに出張をお願いしたい、と依頼のメールを波多野一人に。
クリスマスイブ当日、わたしは部屋の掃除をしていた。
やる気のない紹介文のせいか、不鮮明な写真のせいかわからないが、十二月も半ば
に入ってから指名を入れたのにもかかわらず、波多野一人の予約はすんなり取れた。
クリスマスの、それもイブともなると都内のホテルはどこも埋まっており、やむをえ
ず自宅に呼ぶことにした。それで朝から掃除なんかしているのだった。
上京してかれこれ十年になるが、そのうちの半分以上をこの2Kのアパートで暮ら
している。そのあいだにライター稼業をはじめ、三人の男とつきあって別れた。最後
の男と切れたのが二十九歳のときだったから、だれかを迎えてクリスマスをすごすの
はずいぶんひさしぶりのことだ。
仕事がおもしろくて恋なんかしてる暇がない――とはわたしをはじめとする三十路《みそじ》
越えの女が用いる方便だけれど（実際、「恋愛休憩中の女たち」「恋に臆病《おくびょう》な女たち」

といったような女性誌の特集には、このような相談がしょっちゅう寄せられている）、結局のところ、怠惰なだけじゃないのかなあ、と思ったりすることもある。

少なくともわたしはそうだ。女性の色事に関する記事を書いて金をもらっている分際で自慢できるようなことではないが、もともとその手のことは苦手だった。恋愛のプロセス――だれかと出会い、食事したりドライブしたりしてたがいのことを深く知り、こなれた大人みたいな顔して誘い誘われセックスして、鍋をつついたり煮物を作ってやったりカレーを作ってもらったりして親密な関係を築いていくという一連の行為がわたしには煩わしいのだ。なにより、みえっぱりなこの性格が絶望的なほど恋愛に向いていない。だって、恋愛って、つまりは恥をさらすことだから。

うわべだけきれいに取りつくろい、短時間だけ男を買って恋愛気分を味わう。もっとお金を出せば、セックスもできる。

これまで考えも及ばなかったのが不思議なぐらいだ。出張ホストというのは、わたしのような女にはまったくうってつけのシステムではないか。

布団を干し、シーツを洗濯し、ていねいにアイロンをかけて、午前中いっぱいを寝具まわりに費やしていることに気づいたとき、はかったようなタイミングで家の電話が鳴った。だれかに見られていたのではないかと、そんなはずはないのにぎくりとしながら電話を取ると、田舎の母からだった。

「もしもし。なにしてたの」

声を聞いて、電話に出たことを即座に後悔した。こちらの機嫌をうかがうような猫なで声。

「なにって仕事だけど」

ぶっきらぼうに答え、手近なところに落ちていた紙くずを拾いあげる。早めに切り上げるために仕事だと言ったのだが、母はおかまいなしで、そう、仕事もいいけどね、ちゃんとやってるの？ と長電話のかまえ。ちゃんとやってるのってなにがだよ、と思いながら、やってるやってる、低い声でわたしは答える。

「ふん、どうだか」とやけにいやみっぽいアクセントで母は言い、つい先日、弟の弘《こう》次《じ》一家が家に遊びにきたことを話し出した。わたしは受話器を耳から離し、てきとうに相槌《あいづち》をうつ。この手の母の話は一言で要約できる。孫がかわいい。

いつになったらあんたは結婚するの、このごろはコンカツっていうのが流行《はや》ってるんでしょ、なんであんたはコンカツしないの。すこし前まで口を開けばそればかりだったが、「結婚」や「コンカツ」という言葉を口にするだけでわたしが逆上すると悟ったらしい母は、このごろでは「孫がかわいい」砲を乱発するようになった。どちらにしてもいい迷惑である。

「それであんた、正月はいつ帰ってくるの」

「あー、どうだろ。まだ決めてない」

帰省するつもりなどなかったが、電話口でぐずられてもたまらないのでそう答えておいた。

「まだ決めてないって、あんたってほんといいかげんなんだから」

どうしてだろう。ころころと笑う母の声を聞いていると、どんどんいらいらが募っていく。

「今日はどうしてるの」

「だから仕事だって言ってるでしょ」

つい、尖《とが》った声が出てしまう。あら、と母は笑って、

「今日はクリスマスよ」

勝ち誇ったように言う。

これだからいやになる。正月は必ず帰省するもので、クリスマスはだれかと楽しくすごすもの。女は三十までに結婚して子どもを産むもので、実家を離れて遠くで暮らす娘は母からの電話を待ちわびているのだと、母の中ではすべてがあらかじめ決まっ

ているのだ。

そうだよ、クリスマスだから男を部屋に呼んだの、デリバリーサンタクロースってサイトで、お金さえ出せば男がいっしょにクリスマスをすごしてくれるようになってるの、結婚なんてめんどうなことをしなくても、がんばって働いてそれなりに稼いでいれば男なんてかんたんに手に入るんだよ。そう言ったら母はなんと答えるだろう。

負かしてやりたいというどす黒い欲望はあるにはあったが、「だからなによ」つとめてそっけなくわたしは言った。「クリスマスだからなんだっていうの？」

わたしのいらいらが頂点に達したのを悟ったのだろう。まあいいわ、とにかくちゃんと健康に気をつけて、野菜も食べなきゃだめよ、正月帰ってくる日にち決まったら早めに連絡して、と早口に言って母は電話を切った。受話器をおろし、わたしは深いため息をつく。たったの五分、電話で話しただけで、ものすごくエネルギーを消耗させられる。

「あー、やだやだ」

ひとりごちて、真新しいシーツにくるまれた布団の上にどっとうつ伏せる。眠りを誘う、ラベンダーのリネンウォーターの香り。ちょっとだけ、と自分に言い訳するように思ってわたしは目を閉じた。

目が覚めたら、すでに日暮れ前だった。

あわてて跳ね起きて、部屋のあちこちに散乱した本や雑誌をひとまとめにし、押入れに衣類を突っ込み、ざっと掃除機をかけてなんとか体裁をととのえた。大急ぎでシャワーを浴び、一枚三千円するシートマスクをし、持っている中でいちばん上等の服を着、自宅デートでさすがにこれは気ばりすぎかと思いなおしてジャージー素材のワンピース（でもいちおうブランドもの）に着替えた。八時すこし前にチャイムが鳴り、飛びつくようにドアを開けたら、昼のうちに予約しておいた中華のデリバリーで、これはまずいな、と思った。まずい。完全に舞いあがっている。

そうはいっても、いまさらあとに引けるはずもなく、中華のデリバリーとほとんど入れちがいにやってきたサンタのデリバリーをまごまごと迎え入れるはめになってしまった。

「メリークリスマス！」

屑《くず》の出ないクラッカーの音とともに部屋に入ってきた男は、パーティグッズ売場で売られているような安っぽいサンタのコスチュームを着ていた。手には、そのへんのコンビニで買ってきたのだろうとおぼしきケーキの箱と、絵本に登場するサンタクロースが背負っているようなずだ袋を提げている。

こちらも「メリークリスマス！」と返さないとノリが悪いと思われるだろうか、でもそれはちょっと難易度高すぎる、と思った末に、

「どうも」

ともごもご言って、わたしはうつむいた。たったそれだけのことが恥ずかしくてたまらなかった。

「いやー、どうもどうも」

ふざけた調子で言ってサンタは部屋にあがってきた。台所の灯《あか》りをつけて、そこでようやくわたしは真正面からはっきり男の顔を見た。

果たしてそれは、波多野一人その人であった。確信はあったから、そのことに驚きはしなかった。それよりわたしは、あまりにも彼が変わっていないことに驚いた。

もちろん、あのころより広くなった肩幅や、あいかわらず細身ではあるが少年特有の頼りなさは失《う》せ、確かな輪郭を持ちはじめた腕や腰まわり、切れあがった顎《あご》のライン、目の下にうっすら浮かんだたるみ、顔中に刻まれた表情皺《じわ》、加齢による変化や衰えは、彼の表面のあちこちにあらわれてはいる。けれどそれは、あの美しい少年からなにひとつ奪っていないように思われた。年齢を重ねるごとに奪われていくもの――

たとえばある種の傲慢《ごうまん》さや潔癖さ、繊細さや危うさといったようなもの――が、あのころとなんら変わらぬ色濃さで、たしかにまだ彼の中に存在している。そのことにわたしは驚いたのだった。

「今日はよろしく、キョウコちゃん」

右手を差し出され、彼を観察するのに気を取られていたわたしは対応が遅れてしまった。それを別の意味に取ったらしい。

「あ、ごめん」と彼は頭を下げ、「キョウコさん、のほうがよかった？　そりゃ失礼しました」口ではそんなことを言いながら、まったく悪いと思ってなさそうな顔でへらへら笑う。

この屈託のなさ。

ほんとにこいつ、なんにも変わってないんだな。

呆《あき》れるのを通りこして感心してしまうほどだった。

「なんでもいいよ。ちゃんでもさんでも」

わたしは笑って、差し出された右手を握りかえした。金で買われたホストがまず最初に握手を求めるなんて、そんなマニュアルでもあるんだろうか。

「おれのことは、好きに呼んでいいよ。ツレからはヒトリって呼ばれてる」

「ヒトリ」

はじめて声に出して呼んだ愛称にわたしはどぎまぎした。ひさしぶりに触れた彼の手は、あのときと同じ、氷のようにつめたく冷えていた。


鏡子と書いてキョウコ。それがわたしの名前だ。

メールで指名を入れるとき、迷った末に本名を伝えたのはヒントを与える意味でもあった。まったくばかげたことに、わたしはうっすら期待していたのだ。もしかしたら向こうもわたしを覚えているかもしれない、という浅ましい期待。

「今日はよろしく、カガミコちゃん」

あのときも彼は、屈託のない笑顔で右手を差し出した。

まだ彼と同じ教室にいたころ、わたしの書いた作文が管内の環境コンクールに入賞し、授賞式のために日曜日の学校に呼び出されたことがある。学年からは、わたしのほかに、絵画部門で波多野一人が選ばれていた。

ひとけのない教室に入っていくと、先にきていた彼が窓際の机に座り、長い脚をぶらぶらさせながら窓の外を見ていた。なんと声をかけていいのかわからず、わたしはわざと大きな音をたてて、廊下側にある自分の席の椅子《いす》を引いた。彼がこちらをふりかえるのが気配でわかったが、意識的に視線を返さないようにした。

「そっち、寒くない？」

「えっ⁉」

まさか声をかけられるとは思っていなくて――嘘《うそ》だ。ほんとは期待していた――けれど、予想していたもの――「やあ」とか「君も選ばれたんだ」とかもっとあたりさわりのないもの――とはちがう方向からボールが飛んできたのに驚いて、大きな声が出てしまった。

「えっ⁉」

わたしの真似して彼は奇声をあげ、机の上に座ったまま脚をばたばたさせた。かあっと頭に血がのぼり、わたしはなんにも答えられなかった。

「えっ⁉」「えっ⁉」と何度かしつこくくりかえしていた波多野一人（ヤなやつ！）は、やっと悪ふざけをやめ、「いやあ、さ」と顔の前でぱたぱた手を振った。「そっち、陽《ひ》があたってないから寒いんじゃないかと思って。こっちくれば？」

それまで羞恥《しゅうち》と緊張で寒さを感じるどころではなかったのだけれど、ストーブの入っていない休日の教室で、廊下側にあるわたしの席はたしかにすこし寒かった。なるほど、こういう気遣いができるあたりが他の男子とはちがうんだな、もてるはずだわ、とわたしは妙に感心して、まじまじと波多野一人を見た。

「なに？　どうかした？」

首を傾《かし》げる波多野一人に、

「うん、そうだね。ちょっと寒いかな」

とわたしは言って（実際には口ごもって、「う、うん、そそうだね」というかんじになった）窓際に寄り、ふたつほど間隔をあけて、彼と同じように椅子ではなく机の上に腰をおろした。

太陽に照らされた天板はじんわりと温かく、そこから見おろす校庭では、サッカー部が見慣れないユニフォームを着たどこかのチームと交流試合をしていた。ものも言わず、彼はその試合を眺めていた。だからわたしもそうした。

やわらかな冬の陽射《ひざ》しが凍えていた指先をほどいていく。「北風と太陽」を思い出した。波多野一人に対し一方的に感じていた敵意はあっけなく霧散し、そのとき、わたしはなんの武器も防具も持たないただの十四歳の少女だった。

「お、ふたりとも揃ってるな」

担任の教師が入ってきて、授賞式の段取りが書かれたプリントを渡され、かんたんな説明を受けた。わたしたちはそのあと、担任の車に乗って授賞式の会場である文化会館に移動することになっていた。

「カガミコ?」

プリントに目を落とし、波多野一人がつぶやいた。そうして、カガミコじゃない、キョウコだと、わたしや担任が訂正するより早く、右手を差し出した。

「今日はよろしく、カガミコちゃん」

つめたい彼の手を握り返し、ああ、そっか、とわたしは失望した。今日の今日まで、波多野一人はわたしの名前も知らなかったんだ、と。もしかしたら存在すら認識されていなかったのかもしれない。

それがわたしと彼が会話を交わした最初で最後になった。

波多野一人がわたしを覚えているかもしれないなんて、どうしてそんな期待を持てたのだろう。そんなことは、普通に考えてありえないのに。

他のサンタがどうなのかはわからないが、波多野サンタに限っていえば、なんというかものすごく適当だった。もしこいつがサンタクロースを信じる純真な子どもたちのもとへ派遣されていたならば、ものの数秒で子どもたちの夢をぶち壊していたはずだ。

「ごわごわするから脱いでいい？」

ちゃぶ台の前に座るなり彼は言って、こちらの了解も得ないままサンタコスチュームを脱ぎ捨て、ネルシャツにジーンズというそのへんの若い男の子となんら変わらない格好になった。帽子の下からあらわれたやわらかそうな栗色の髪を見て、よかった、禿《は》げてなくて、とついほっとしてしまう。同窓会で再会した初恋の男の子が見事なつるっぱげになっていた、なんてお約束はやっぱり歓迎できない。

そうかと思ったら、

「あ、前金でいい？」

ときた。

デリケートなことのはずなのにこんなにもざっくばらんでいいものなんだろうか。あらかじめ用意しておいた封筒を手渡しながら、いらぬ心配をしてしまう。

前金であることは事前に伝えられていたからわかってはいたが、「男を金で買う」ことに罪悪感や抵抗を感じるのは、なにもわたしに限ったことではないだろう。できるだけスムーズにスマートにスタイリッシュに、ビジネスのにおいなど感じさせないように支払いを済ませたい、と思うのが女心というものではないか。決して金が惜しいわけじゃなくて――いや、ほんとはちょっと惜しい。なんせ今回は、仕事ではなく自腹なのだから——ちがう、そういう問題じゃなくこれは夢の問題なわけで、わたしは一夜の夢を金で買ったわけで、サンタクロースを信じる純真な子どもたちの夢はいくらぶち壊しにしてくれたってかまわないけれども、ほんのひとときの憩いを求めて男を買う寂しい独身女の夢を踏みにじるなんて、あるまじき、許すまじき行為なわけで……。

だれにともなく（自分自身に？）言い訳するようにもごもご考えていると、

「どうも」

封筒の中を確認もせず無造作にズボンのポケットにつっこんで、波多野一人が顔をあげた。褒美を与えられた犬みたいな笑顔だった。

わたしはうろたえた。繊細さのかけらもない大ざっぱで無防備な彼のやり方を、その笑顔ひとつで許してしまいそうになったから。多少デリカシーに欠けるぐらいのほうが、女をこますためにテクニックを駆使する作為的な男より好ましいと思えるほどだった。

男を買う、というのは、つまりこういうことなのかもしれない。

「あっ、そうだ。ビール、ビール飲むよね」

動揺を悟られまいと彼から顔を背け、冷蔵庫からビールを取り出した。

おかしい。ここは長年暮らしたわたしの部屋だ。ホーム中のホームであるはずなのに、完全に彼のペースになってしまっている。

そもそも波多野一人とはそういう男だった。

アウェイ中のアウェイだろうと、瞬くまに周囲を自分のペースに巻き込んでゲームを支配する。よそ者を排除することに血道をあげているような田舎町の、それも中学二年生なんていちばん難しい年ごろの子どもたちの中へぽんと放り込まれて、あっというまに天下を取ってしまうような男なのだ。心してかからないと。

両手に缶ビールを握りしめ、わたしがひそかに気を引き締めているのを知ってか知らずか、

「おれ、見たいビデオあるんだ。見ていい？」

敵はまたしても勝手なことを言い出している。

わたしは確信した。サンタであるという自覚もなければ、ホストであるという自覚も、この男には欠けている。

「ビデオって？」

「昔の映画。毎年クリスマスに見ることにしてるんだ」

ずだ袋から彼が取り出したのは、ぼろぼろになった紙ケースに入ったＶＨＳのビデ

オテープだった。ふうん、クリスマス映画か、どうせ「三十四丁目の奇蹟《きせき》」とかでしょ、とたかをくっていたら、聞いたこともないタイトルの映画だったので、わたしはなんだかおもしろくない。わたしの知らないことを、波多野一人が知っている、そのことがおもしろくないんだと思う。

「いいけど、べつに」

ぶっきらぼうな言い方になってしまったが、波多野一人は別段気にするふうでもなく、

「やった」

とちいさく叫んで、ビデオデッキにテープをセットした。

毎年見ているというのは嘘ではないのだろう。ところどころノイズの走った粗い映像がテレビ画面に映し出された。大きな赤い袋を肩から提げたサンタクロースがどこかのクリスマスパーティーに踏み込んでいくところから映画ははじまる。

缶ビールでおざなりな乾杯をし、中華のデリバリーに手をつけながらしばらく映画を見ていたが、そのうちわたしは筋を追うのをあきらめた。すぐ隣に波多野一人がいるというこの状況で、どうしてこんな一昔前のしょぼいＳＦＸ映画に集中できるだろう。波多野一人でなくとも、男がすぐ隣にいるというだけで不慣れな状況であるのに。

そうか、いまわたしはひとつ屋根の下に男といるのか。改めて考えたら、落ち着かない気持ちになってきた。

隣を見ると、ぱくぱく春巻きを頰張《ほおば》りながら食い入るように画面を見つめている波多野一人の横顔がある。目の下に落ちた影がほんのり艶《なまめ》かしくて、どうしよう、どきどきする。

なんでこんな仕事をしてるのか、なんで眼鏡男子やスーツ男子じゃなくてサンタなのか、あれから二十年近くのあいだ、いったいどこでなにをしていたのか。訊いてみたいことは山ほどあったが、緊張が邪魔をして言葉が出てこない。中学生のころ、あれだけむきになって無関心を装っていたくせになにをいまさら、というばかみたいな逡巡もこの期に及んでまだ残っていて、わたしは無言のまま機械的に箸《はし》を動かして冷めかけた中華を口に運びつづけた。速いペースでがぶ飲みしていたので、最初のビールはもう空だ。

「クリスマスに中華なんておもしろいね」

沈黙が気になったのか、やけに明るい声で波多野一人が言った。五本六百円の春巻きは脂っぽくてべちょべちょで、まるきりおいしくなんてなかったのに、「うめえ」と言って、さらにもう一本もぐもぐ口に押し込む。

「だって今日あたり、ピザ屋なんかは混んでそうだし、ケンタッキーはいかにもすぎてばかみたいでしょ」

「なんで？　うまいじゃんケンタッキー」

春巻きを口にくわえたまま、波多野一人はきょとんとした顔をする。

「いや、うまいけど、そういうことじゃなくて……」

そうだった。わたしと彼はちがう文化圏に住んでいるのだった。日陰の世界にあたりまえのように存在する屈託が、彼には通じない。そういうことじゃなくてなに？　とでも言いたげな顔つきで、波多野一人はまっすぐわたしを見ている。

「うーん、だから、その、なんていうか、あたりまえのことが恥ずかしいっていうか。クリスマスにケンタッキーなんて、普通すぎっていうか、ベタっていうか……」

「え？　なんで？　正月に雑煮食べないの？」

そうくるか。

「や、食べるけど、そういうのともちがくて……なんて言ったらいいのかな」

話しているうちに、いい年してこんな価値観にとらわれているわたしのほうが恥ずかしくてばかみたいに思えてきた。頭ごなしにこうだと決めつける母に対してはいくらでも牙《きば》を剝《む》けるのに、好奇心旺盛《おうせい》な子どものような目で「どうして？」と訊かれると、自分の浅はかさや頑《かたく》なさを突きつけられるかんじがする。反骨精神といったら聞こえはいいけど、こんなのただの子どもじみた思い込みではないか。

「毎年クリスマスになると、母親が買ってきたんだよ。ケンタッキーにはなんの恨みもないけど、そのイメージをいまも引きずってるんだと思う。うちの母親って、テレビの言うことはぜんぶ正しいって思い込んでるような、テレビの言うことなんでも聞くみたいな人でさ。テレビだけじゃなくて、週刊誌とか新聞とか近所の奥さんとか、そういう人たちの言うことをぜんぶ鵜呑《うの》みにして、それを疑いもしないで狭い世界での常識にとらわれて生きてるような人なの。クリスマスにはケンタッキーっていうのが母にとっては常識で、わたしは子どものころからその常識を一方的に押しつけられてきたわけ。そりゃあ子どものころは喜んで食べてたけど、そういうのがいやになる年ごろってあるじゃん？」

冷蔵庫から新たなビールを取り出しながら、わたしはひとりでしゃべった。しゃべっているうちに勝手にぽろぽろ言葉がこぼれてきて、わたしはこんなふうに思っていたんだ、だから母がなにか言うたびいらいらするんだ、と自分でびっくりした。

黙ってわたしの話を聞いていた波多野一人は、すこし考えるそぶりを見せてから、

「よくわかんないな」

と首を捻った。春巻きの脂に濡《ぬ》れた唇がてらてら光っている。

そうだよね、どうせあんたにはわからないよね。わたしはかすかに失望した。勝手に期待して勝手に失望するなんて、わたしもぜんぜん進歩していないんだなと思いながら。

だから彼が、

「うち、母親いなかったから」

と続けたとき、わたしは、なにがあってもそれだけはするまいと心に決めていたリアクションをしてしまった。

「えっ⁉」

目を見開いて茫然《ぼうぜん》とするわたしに、

「そんな驚かなくても」

と彼はおかしそうに笑った。

「正確に言うと、途中まではいたんだけど、いなくなっちゃったんだよね」

ペットの猫だか犬だかが脱走してしまったみたいな口ぶりだった。

そうか、彼の母は火吹き女でも金粉ダンサーでも猛獣使いでもなかったのか。いや、まだそうと決まったわけじゃない。いなくなる前は火吹き女か金粉ダンサーか猛獣使いだったかもしれないじゃないか。

こういうとき、なにを考えるべきかわからなくて、意識的にわたしはそんなことを考えるようにしていた。なるべくどうでもいい、ばかげたことを考えるように。真正面から受け取めるより、そのほうが楽だから。自分で思っている以上に、わたしという人間は幼稚なのかもしれない。

「ぜんぜん知らなかったな」

ぽろりと口をついて出た言葉に、自分でぎょっとした。しまった。これでは、以前から彼のことを知っていたみたいではないか。

「そりゃそうでしょ」

しかし波多野一人はなんにも気づいていない様子で新しいビールに口をつけている。

「そうだよね、今日はじめて会ったんだもんね」

いまさら気づかれても困るだけだが、気づかれないのもそれはそれでさみしい、というアンビバレンツな感情に支配され、ことさら「はじめて」を強調してみたが、彼は曖昧《あいまい》にうなずくだけだった。どうやらわたしは、この期に及んで期待を捨てられないでいるみたいだ。

まさに一人相撲。ああ、どこまでいってもわたしという人間は。

脂の浮いたチンジャオロースを箸でつっついていると、

「あっ」

叫び声とともに彼の手が伸びてきて、わたしの腕をつかんだ。とたん、心拍数がはねあがる。まさか思い出した？　わたしのこと覚えてた？　しかし彼の視線はわたしにではなく、テレビの画面に向けられている。

「このシーン、このシーン、これが見たかったの」

ぐいぐいわたしの腕を引っぱり、子どもみたいにはしゃいだ声をあげる。つられて画面を見ると、色とりどりの洋服を着た小人たちが、陽気なクリスマスソングをうたいながら工場らしき場所でおもちゃを作っている。「はじめて見たとき、まだ子どもだったんだけど、このシーンが気味悪くて気味悪くて」そう言って、なにがおかしいのかげらげら笑う。「いま見てもぞっとするなこれ。なんでだろ、こんな楽しげなシーンなのになんでなんだろ」最後のほうは笑いにかき消されてほとんど言葉になっていなかった。彼のテンションがあがればあがるほど、わたしのテンションはただ下がるいっぽうだった。

「そんな好きなんだったら、ＤＶＤ買えばいいのに」

冷めた目で画面を見つめ、わたしは言った。そこだけ何度もくりかえし見ているためか、テープが伸びきっているらしい。画面の半分近くがノイズに潰《つぶ》れて、音も割れてしまっている。

「DVDになってないんだよ、これ」

さっきまで床に転がる勢いで笑っていたくせに、やけに冷静な声で波多野一人は答えた。

「それに、特に好きな映画ってわけでもないし」

「は?」

「好きにならなきゃいけないような気がして、見てるだけ」

「はあ」

この男と話していると、なんだか煙《けむ》に巻かれているような気分になる。真意を探ろうと表情を窺ってみるが、先ほどとはうってかわって、つまらなそうに画面を眺めている横顔からはなにも読み取れない。

もしかして——。

ちゃぶ台の下に転がったボロボロのビデオケースを見おろし、ふとわたしは考える。彼にとってこの映画は、わたしにとってのケンタッキーみたいなものなんじゃないか。ひたすら避けることで忘れようとしているわたしとは逆に、真っ向から対峙《たいじ》することで乗り越えようとしているのではないか。

煙を取りはらおうとして無理やりこじつけたにすぎなかったが、わたしはこの空想を気に入った。

「ねえ、いっこ訊いてもいい?」

「ん?」

映画が終わり、ビールを三本ずつ空けて、中華もすっかり平らげたわたしたちはワインとケーキに取りかかった。酔っぱらってすっかり気やすい気分になっていたのもあって、わたしはずっと気になっていたことをたずねた。

「なんでサンタなの?」

「なんでって?」

「だから、なんで眼鏡男子やスーツ男子はやってなくて、サンタクロースなの? アルバイトにしたってサンタじゃ稼ぎ時が限られてるし、なんでなんだろうと思って」

「だって、サンタって、問答無用にスペシャルでしょ」

サンタクロースは存在すると信じきっている子どものような顔で彼は言ってのけた。

こんなの世界共通の常識だよね、ってかんじに。

「眼鏡男子とかスーツ男子とかいわれても、だって、そのへんにいっぱいいるじゃん」

「いやいやいやいやちょっと待って」わたしは思わず身を乗り出した。「あんた、なんにもわかってない。ある種の女にとっては眼鏡やスーツのほうがよっぽどスペシャルだったりすることもあるんだよ。まあ個人的には眼鏡とスーツはセットでこそ効力を発揮すると思うんだけど」

「その場合は、眼鏡スーツ男子になんの？」

「えっ、でもそれだとスーツに申し訳なくない？」

「じゃ、スーツ眼鏡男子だ」

「どうしよう、あっちを立てればこっちが立たずだ――ってなんの話？」

「キョウコちゃんがはじめたんだろ」

わたしたちは顔を見合わせ、ほとんど同時に噴き出した。ばかみたい、ばかじゃねえの、と小突きあうようにしてげらげら笑う。ふとした拍子に手が重なり、すぐに引こうとしたら強い力でつかまれた。

なんたることだろう。わたしはもう処女でもなければ十四歳の少女でもないのに、手を握られたぐらいで心臓が飛び出しそうなほどどきどきしてしまっている。相手はホストなのに。生涯の天敵である波多野一人なのに。

「あ、雪だ」

耳元で囁《ささや》かれ、わたしはぼんやり窓の外に目をやる。

「ほんとだ」

つぶやいた声はかすれて、ほとんど声にならなかった。

わたしたちは手をつないだまま、しばらく無言で白いものが散らつきはじめた窓の外を眺めていた。どこからか、クラッカーの鳴る音が聞こえてくる。にぎやかな笑い声。ジングルベルの鐘の音。そこかしこからクリスマスにはしゃぐ人々の音が聞こえてくるのに、降る雪に吸い取られてしまったみたいに部屋の中は静まり返っている。

そういえば、クリスマスの飾りつけをなんにもしてなかったといまさら気づいた。かなわないな。この男にはかなわない。そんなの最初からわかっていたことだけれど。

わたしを覆っていたものが、一枚一枚、剝《は》がされていく。だれもいない教室でサッカーの試合を眺めた、あのときと同じように。

いよいよ認めるときがきたのかもしれない。ずっと自分に嘘をついてきた。敵意の鎧《よろい》を着ることで、ほかの女の子たちとわたしはちがうのだと見せつけようとしていた。問答無用にスペシャルな存在に、できることとなりたかった。

はじめから、もうずっと、わたしは波多野一人に恋していたのだ。

「クリスマスに雪って、これもベタ？」

からかうような微笑を浮かべて彼が訊いた。

「こういうのは、ロマンティックって言うんだよ」

わたしは笑って言った。

言ってから、ものすごく恥ずかしいことを口走ってしまった気がして、「だってほら、自然のものだから！　人為的なものじゃないから！　作為がなければベタではないから！」言い訳するように急いでつけたした。

にやにや笑うだけで波多野一人がなんにも言おうとしないので、わたしは恥ずかしさに消え入りたくなる。冷静を装ってぽんといちごを口に放り込んだら、思いきり噎《む》せてしまった。

「今日は楽しかった。いろいろごちそうになったし、ありがとね」

日付が変わったとたん、そう言って彼は立ちあがり、もぞもぞとサンタコートを着込みはじめた。

「あっ、そうか、もうそんな時間か」

時計を見あげてわたしも立ちあがった。あれからさらにワイン二本を空け、すっかり酔っぱらっていた。ふらつく足で見送りに出ようとして、「うわっ」なにかに蹴躓《けつまず》いてすっ転びそうになったわたしを、「なにやってんの」と彼が抱きとめた。

「ごめん」

顔をあげたら、すぐそこに波多野一人の顔があった。なんてきれいな顔をしてるんだろう。唇に吸いつきたい衝動をなんとか堪《こら》える。わたしの体をささえる腕は、生身の男のものだった。ああ、と打ちのめされるようにわたしは息を吐いた。

「気をつけてよ。危ないな」

やっぱりやっておけばよかった。惜しいことをした。

ふいに頭をかすめた後悔を、そっと打ち消す。

波多野一人がデート専門なのかヘルス専門なのか、メールで問い合わせることがわたしはどうしてもできなかった。そんなこと、できるわけがなかった。あらゆる意味でわたしには覚悟もなければ準備もできていなかった。恋愛を——つまりはセックスを何年も休んで、すっかりだらしなく弛緩《しかん》した自分の裸体を、波多野一人の前にさらせるわけがない。そう、これはモラルの問題ではなくプライドの問題なのだ。三十余年かけて築きあげたプライドは、わたしにみっともないふるまいを許さなかった。せつかくのクリスマスだっていうのに。

「そんじゃ、また」

スニーカーを履き終えて、くるりと彼がふりかえった。またなんてあるのか、と思いながらそこは敢《あ》えてつっこまず、

「うん、今日はありがとね」

わたしはさっぱりと手を振った。未練などみじんも感じさせないように。

すると彼は、今日いちばんの笑顔を見せ、

「じゃあね、カガミコちゃん」

するりとドアの向こうに消えた。

一秒か二秒、もしかしたら、十秒二十秒。

空白があって、

「えっ⁉」

やっと我にかえって外に飛び出しても、彼の姿はどこにもなかった。

漂泊シャネル

お金もないのに
靴を買ってしまった帰り道、
犬猫でも拾うような気軽さで、
シャネルを背負った男の子を拾った。

女子は食わねどハイヒール。

なんて、だれが言い出したんだろう。

給料日まで十日もあるのにすっからかんで、朝からなんにも食べてない。おなかがぐうぐう鳴りっぱなしで、頭の中をたえずカツ丼が飛び交っている。やむをえずクロゼットから引きずり出したバッグ、洋服、アクセサリー数点を駅前の質屋（っていうかブランド品専門のリサイクルショップみたいなの？　わたしにはいまいち違いがわからない）に持っていき、さよならプラダ、さよならクロエと涙ながらのお別れをし、いくばくかの現金と引き換える。

そこまでは毎月のことだ。けど、今日はちがった。

朝起きて、カーテンの隙間《すきま》から射《さ》す陽《ひ》のまぶしさに目を細めた瞬間、あ、とひらめくみたいに感じる、あれがあった。なんだか今日はすてきなことが起こりそうな気がする、っていうなんの根拠もない、でも春先にはよくある、あのかんじ。

たいていそんなのは、一日仕事して会社を出るころには忘れてしまうものだけど、服飾品数点と引き換えにした現金を握りしめ、さあこのお金でカツ丼を、と質屋を出ようとしたところで見つけてしまったのだった。ショーケースに飾られたジミーチュウを。

ひとめで魂を奪われるようなうつくしいライン。こんな素晴らしい芸術品、どんな美術館にだって置いてない。

先月の「SPUR」に載っていた春の新作だった。この靴を履いて歩いたらどんな気分だろう。きっといろんなことがちがって見えるんだろうな。女ならだれだって夢想せずにいられない。そんな靴と、まさか、こんなところで巡りあえるなんて。

どうしよう。予感は正しかったんだ。こんなの神様のおぼしめしとしか思えない。ばくばく鳴る胸をおさえつけ、靴のサイズを確認した。

サイズは37だった。もうすこしで叫びそうになった。神様はなんて残酷なんだろう。わたしは涙目になって店を飛び出し、ATMでキャッシングをした。

それで、いま、ジミーチュウを履いている。

はんぶん茫然《ぼうぜん》としながら。

漫画みたいに、ぽかんと開いた口からエクトプラズムがだだ漏れになっている気がして、唇を引き結ぶ。なんとか気を取りなおし、財布に残っているお金を確認する。

女子は食わねどハイヒール——ほかでもない、それはわたし自身が、食事を抜いてまで買物することの言い訳に思いついた文句だった。家賃や電気代が払えなくてキャッシングするのは毎月のことだけど、靴を買うためにキャッシングしたのはこれがはじめてだ。興奮と恐怖で、まだちょっと手が震えている。

手元に残った現金はわずか二千円あまり。給料日まで十日もあるのに、これじゃカツ丼なんて食べられない。カツ丼どころか十日間の食事だってあやしいところだ。しかたない、カップ麺《めん》でも買って帰るか、といつものコンビニに足を向け、店に入ろうとしたところで目の端になにかが引っかかり、わたしは足を止めた。

期限の切れた弁当でももらいにきているのか、裏口にホームレスのような風采《ふうさい》の男が立っていた。ポリバケツの蓋《ふた》を開け、中を物色している。それだけならさして珍しい光景でもないのだが、男が背負っているもの、それがわたしの目を釘付《くぎづ》けにした。

リュックサックのように無造作に背負ってはいたけれど、このわたしが見まちがえるはずもなかった。わたしじゃなくたって、世界中の女が見まちがえるはずがない。だってそれは、シャネルのボストンバッグだったのだから。

魂ぬける。ぜんぶぬけちゃう。

そう思うのに、開いた口を塞《ふさ》ぐことができなかった。ゴミ溜《た》めの中、さんぜんと輝く黄金のココマーク。普通に考えてありえない光景を前にわたしはただ立ち尽くしていた。質屋で新作のジミーチュウを見つけた以上の衝撃だった。

男がふりかえった。あわてて目をそらそうとして、できなかった。

男はまだ年若く、なにかの冗談みたいにきれいな顔をしていた。煮しめたような色のコートを着て、肩まで伸びた髪はあちこち縒《よ》れ縺《もつ》れ凝《こご》ったようになっており、顔なんて垢《あか》じみて真っ黒、おまけに髭《ひげ》は伸び放題。

でも、そんなことなんにも関係なかった。ひとめで根こそぎすべてをさらっていくライン。

焦点のいまいち合っていないような三白眼でわたしを見ていた彼は、頭からつま先まで視線で何往復もして、やがて足元に目を留めた。

それからにっこり笑って、

「おねーさん、いい靴履いてるね」

なによりうれしいことを言ってくれたのだった。

——今日はすてきなことが起こりそうな気がする。

予感は、正しかった。

彼は名を、波多野一人といった。

「一人って書いてかずと。でも、みんなヒトリって呼ぶ」

と言うので、わたしも倣《なら》うことにした。

「おねーさんの名前は？」

「奈緒《なお》。柴田《しばた》奈緒」

「なお」

ヒトリが口にすると、猫の鳴き声みたいになった。ちょうどよかった。

「おなか空《す》いてる？」

と訊《き》いたら、

「もうぺこぺこ、ペッコリーニ」

とおせんべいみたいに薄っぺらなおなかをさすりながら言うので、

「じゃあ、いっしょにごはん食べよう」

犬猫でも拾うみたいな気軽さで、部屋に連れて帰ることにした。

わたしたちはコンビニで買えるだけの食糧を買い込んだ。わずかなお金しかなかったけど（ヒトリはお金を一銭も持っていなかった）、ちいさなちゃぶ台を埋め尽くすにはじゅうぶんだった。ヒトリからは埃と脂となめし革のまざったようなにおいがした。無理、と最初は思ったけど、すぐに慣れた。においなどどうでもよくなるほど空腹だったのだ。

あったかいものを食べるのはひさしぶりだと、うれしそうに言ってヒトリはカップ麺をすすった。ヒトリの持参した期限切れのコンビニ弁当（シャネルのバッグに入れるのに、これほど不似合いなものがあるだろうか）をわたしもごちそうになった。冷えた白飯が喉《のど》を通っていく感触がなつかしかった。なにか感想を求められている気がして、米の飯を食べるのはひさしぶりだ、とわたしは言った。

「コメノメシ」

はじめて耳にした言葉のようにヒトリはくりかえし、「コメのメシ、なんてあんまり言わないよね」と笑った。

「だったら言わせてもらうけどペッコリーニってなんなのペッコリーニって」

わたしが反撃すると、

「いまさらジロー」

と言って、さらに弾《はじ》けるように笑った。くだらないと思いながらわたしも笑ってしまった。

水菜とじゃこのパリパリサラダ、揚げだし豆腐、焼きビーフン、たらこおにぎり。

猛烈な勢いで、かたっぱしから平らげた。ぜんぶ平らげたら、今度は、食べすぎた、おなかがぽんぽこりん、と床に転がった。

「ぽんぽこりん、ぽんぽこりん」

「ぽんぽこりんて！」

「じゃあなんて言うの」

「ぽんぽこ、じゃないの」

「ぽんぽこぉ？」

「あっ、ぽんぽんか」

「ぽんぽんて！」

お酒なんて一滴も飲んでいないのに、脳のどこかがやられてしまったみたいにたがいの発する言葉にいちいち反応してげらげら笑った。こんなふうにだれかと向き合って食事したり笑いあったりするのは、ものすごくひさしぶりのことだった。

甘やかしてるなあ。

と、どこかしら冷えた頭でわたしは考えた。

気をつけて、慎重に避けてきたのに、誘惑に負けてしまった。

いつもは、もっと厳しい。ペッコリーニとかいまさらジローとかぽんぽこりんとか、ふざけたことを口にする輩《やから》を許さない。「さむっ」もしくは「ふるっ」あるいはもっとストレートに「つまんない」の一太刀《ひとたち》をあびせてばっさり斬《き》り捨てる。こういうことを口にする男ときたら（こういうことを口にするのはたいがい男と決まってる）、どいつもこいつも「おれってお茶目でしょ？」という媚《こび》や甘えを隠しもせずにやけづらに貼《は》りつけていて、どんな猥談《わいだん》をされるよりいやらしく汚《けが》らわしいものに感じられる。そういうのはどうぞ、どんなさむい冗談にも手を叩《たた》いて喜んでくれる、いちずにあなたを愛する女の前だけでやってなさいよ、そんな女がいたらいたで、いつか逃げ出したくなるでしょうに――なんて、斬ってから、さらに刃先で傷跡をぐりぐりやったりすると、場はしらけるが、わたしはすこぶる楽しい。自分ばかり楽しんでいたせいか、そういう場に呼ばれることもこのごろではなくなり、それはそれで清々したが（二回の飲み代があればファルケのタイツが買える）。

だけども今日のわたしはなまくら刀。

「ねえねえ、見てよこれ、ぽんぽこりん」

シャツをまくりあげ、ヒトリがなまっちろい肌を晒《さら》す。ろっ骨が透けて見えるほど痩《や》せているのに、餓鬼のようにぽっこりおなかだけ突き出ていて、それを見てわたしはまた笑う。

甘やかしのレンズで覗《のぞ》きこめば、こういった男の戯言《ざれごと》も、わりに悪くなかった。まだ若いからか、それとも女に媚びる必要などない容姿のせいか、ヒトリの声音には粘ついたいやらしさがなく、さっぱりと清潔で、幼児のように明朗だった。だから安心して笑っていられたのかもしれない。

もとの色が何色だったかわからなくなるほど汚れてはいたけれど、ヒトリが着ているのはラルフローレンのＢＤシャツだった。

シャツだけでなく、驚いたことによくよく見ると、ヒトリの身につけているものはどれもそれなりのブランドばかりだった。染みだらけのコートはマッキントッシュだし、膝《ひざ》のぱっくり割れたジーンズはジルサンダー、細い手首にぶらぶらぶらさがっている時計はカルティエ。

この男、いったい何者なんだろう。年はわたしより二、三若いぐらい――二十三、四といったとこか。なんでまた、路上生活なんてしてるんだろう。これだけきれいな顔してたら、いくらでも養ってくれる女を引っかけられそうなのに。それともさんざん女に貢がせるだけ貢がせて、ジゴロ生活に嫌気がさして逃げてきたんだろうか。ものの食べ方や身ごなしなんかを見るかぎり、育ちは悪くなさそうだけど……。

いまさらわたしはヒトリの身の上を詮索《せんさく》した。ほんとにいまさらだけど、何者かもわからない男——それもホームレスの男を、一人暮らしの部屋にあげるなんてどうかしてる。

「このバッグ、どうしたの」

床の上に放り出したままになってるシャネルを手に取り、わたしはたずねた。さほどダメージはなく、汚れを拭《ふ》いて手入れすればまだまだ使えそうだ。中にはオレンジジュースのペットボトル（中身はおそらく水道水）が一本入っているだけで、他にはなにもなかった。身元がわかりそうなものはなにも。

「んー、もらった」

なんでもないことのようにヒトリは答えた。

実際、彼にとってはなんでもないことなのかもしれない。タグに記された名前がアウトドアでもポーターでもシャネルでも。シャネルというブランドが、特別な意味を持つものだなんて考えも及ばないんだろう。

「ふうん、そっか」

なんとなく追及してはいけない気がして——追及したら深みにはまってしまいそうで、逃げた。

わたしはもうすこしだけ甘やかすことにした。ヒトリを、なのか、自分を、なのかはわからなかったけど。

それから湯船に湯をはり、ヒトリを風呂に入れてやった。汚れがひどくてシャンプーがなかなか泡立たず、排水口に流れていく石鹸《せっけん》の泡がグレイになっていた。わたしは服を着ていたのだが、ヒトリがふざけて頭を振ったり体をぶるぶるさせたりするので、洗い終わるころには濡《ぬ》れねずみになった。

「やだ、まだ子どもじゃないの」

汚れを落とし、髭を剃《そ》ってさっぱりしたヒトリを目にして、わたしは悲鳴に近い声をあげた。たった一晩で、彼には何度驚かされるんだろう。

「高校生？　まさか中学生じゃないよね？」

さっきまで髭まみれでよくわからなかったけど、まだ少年といっていいほどに見えた。あどけなさを残した面差《おもざ》しもそうだけど、いかにも頼りないからだつきをしてる。手首やくるぶし、ふしぶしに浮き出た骨のかんじすら痛々しいほど幼い。

「これでもいちおう大学生なんだけどな」

腰にバスタオルを巻きつけただけの格好で、悠々と髪をかきあげながら彼は言った。髪の先からぽたぽた雫《しずく》が落ちて、あばらの浮いた白い肌の上を滑っていく。思わずどきりとして、わたしは裸体から目をそらした。

「どこの大学？」

たずねると、おどけるようにくるんと目玉をまわして、

「東京大学」

と答える。

わたしはため息をついた。話にならない。

「あ、信じてないね、その顔は」

「あたりまえでしょ。大学名を訊かれて東大なんて答えるバカがいる？」

「それだと本物の東大生はみんなバカってことになるけど？」

「あ、そっか」

「まあ、東大なんて入るやつはみんなどっかイカれてると思うけどね」

「それだとあんたはイカれてるってことになるけど？」

「うん、そう。イカれてんだ、おれ」

自分で自分のことをイカれてるなんて言う男、ろくなもんじゃない。カンちがいのナルシストか、ほんとにイカれてるかのどっちかだ。

あるいは——

わたしはあらためてヒトリの顔を見た。

一ヶ月か一週間かそれともほんの数日のことなのか、どれだけのあいだ路上生活をしていたのかはわからないが、たった一回風呂に入っただけですべてをリセットしてしまったようなつるりとした顔をしていた。何日も風呂に入らず汚れた服を着て、期限切れの弁当めあてにコンビニに押しかけゴミ箱をあさり、桜の木の満開の下、新聞紙にくるまって眠る。そんなこと、なんにもなかったって顔してる。

経験のないわたしには、それがどれだけ過酷な生活かなんてわからない。ひょっとすると思いのほか快適だったりするのかもしれない。どちらにせよ、ごしごし垢を落とすみたいに、たった一度の入浴でリセットできるようなものだとは思えなかった。だって、生活ってそういうものだ。習慣や嗜好《しこう》、記憶や感情、疲労や倦怠《けんたい》——そんなようなものが、意思とは関係なく静かに折り重なって地層を作りあげる。そのことに安らぎをおぼえる人もいれば、恐れおののき、なんとしても逃れようとする人もいるだろう。

ヒトリにはなんの蓄積もない。そのことがなにより彼を幼く見せているのだった。

——ただのガキ、か。

それで、かろうじて小指の先ほど残っていた彼に対する警戒心はあっさり吹き飛んでしまった。

「これ着て。先に寝てていいよ」

着替えのスウェットを押しつけて、わたしは風呂に入った。

残り湯はどろどろで使えなかったのでシャワーで済ませた。浴室で体を拭き、パジャマを身につけ出ていくと、ヒトリはすでに眠っていた。ちゃぶ台を退けた床の上に、クッションや夏用の肌かけ布団をかき集めて寝床を作った。その中に、くるんと丸まって埋もれていた。

スウェットは彼にはつんつるてんだったようで、華奢《きゃしゃ》な手首やくるぶしが剥《む》き出しになっている。なんとなく触れてみたくなって手を伸ばしたら、思いのほかからりとした感触だった。もっと瑞々《みずみず》しい弾力を予想していたから驚いた。

その夜は、なかなか寝つけなかった。すぐ近くにだれかの気配があることにいつまでも馴《な》れないで、ベッドの上で何度も寝返りをうった。

さすがにもう驚かされることはないだろうと油断していたら、ようやく眠気の波がやってきたころにいちばんのびっくりが待っていた。

最初は夢をみているんだと思った。

なまあたたかくしめった感触が、首筋を、背中をゆっくり這《は》っていく。かたつむりが通ったあとみたいに、そこだけ濡れて光る。心地よい愛撫《あいぶ》に、眠っていた皮膚が目覚めはじめる。

——愛撫？

そこで、ようやくわたしは目を開いた。いつのまにかベッドに潜り込んだヒトリが、わたしの体をまさぐっている。

「起きた？」

急に体がかたくなったことで、わたしの覚醒《かくせい》に気づいたのだろう。耳元でヒトリが囁《ささや》いた。背中から手が伸びてくるが、頑《かたく》なになったわたしの体は受けつけない。

「なにしてるの」

咎《とが》めるつもりが、弱々しい声になってしまった。

「だめ？」

NOという返事が返ってくることなど考えたこともないような声だった。耳からするりと滑り込んで官能を呼び起こす、不思議に甘い声。

こんなの無理だ。どんな女だってこの声にはあらがえない。だらしなく、わたしは自分を甘やかす。

返事がないのを返事ととったのだろう。ヒトリが耳に舌を差し入れてきた。ひゃ、と思わず声をあげてしまう。色っぽさのかけらもない鳴き声に、舌を入れたままかすかにヒトリが笑う。それだけでわたしはどっと濡れてしまう。
ヒトリは執拗《しつよう》に耳をねぶりつづけた。歯で、舌で、唇で、いっさい触れずに息だけ
で。声をあげてしまわないよう、わたしはシーツをつかんで快感に耐えた。
「こっち向いて」
うしろから肩を引かれ、仰向けになった。体重をかけないように片手で自分の体を
支えながらのしかかってくる。妙に馴れた動きをするヒトリとは対照的に、わたしは
恥ずかしく照れくさくまっすぐヒトリの顔も見られないで、痛々しく浮き出た鎖骨の
あたりにうろうろ目を留まらせた。
ヒトリはすでに裸だった。つんつるてんのままでは萎《な》えてしまっただろうけど、ま
だ大人になりきっていないアンバランスな体を前にすると、なんだかいけないことを
しているような気分になる。
「ほんとに大学生？　ほんとに十八こえてる？」
馴れた手つきでパジャマのボタンをはずしていくヒトリに訊くと、
「しつこいな。なんで」
「犯罪はいや」

「犯罪って……」

ヒトリは笑ったみたいだった。すぐに唇が降りてきて目の前を塞がれたから、よく見えなかったけれど。

わたしは、されるがままだった。キスをされ、舌を絡められ、唾液《だえき》を飲み込んだ。パジャマを脱がされ、あっというまに下着も剝ぎ取られた。からからに乾いていたはずの皮膚は汗でしっとり濡れ、絡みつくようにわたしをとらえた。

「まさかとは思うけど、はじめてじゃないよね？」

ふいに動きを止めて、ヒトリがたずねた。いつまでもわたしの体からかたさが抜けないので、疑ったのだろう。

「まさか」

わたしは即答し、少し迷ってからつけくわえた。

「はじめてではない。けど、すごくひさしぶり、ではある」

「ひさしぶりって、どうして？」

本気で、純粋に疑問に思っているようだった。こんなに気持ちのいいこと、どうしてしょっちゅうやらないの？　とでも言いたそうな顔をしてる。

やっぱり言うんじゃなかった。体がかっと熱くなる。ぴったり肌がくっつきあっているから、ヒトリにはすぐにわかってしまっただろう。

「理由なんてない。人間だれしもがあたりまえのようにやってるなんて考えないでよ。みんながみんな、あんたみたいなやりちんとはちがうんだから」

わたしはくるりと体を反転させた。枕《まくら》に顔を押しつけ、恥ずかしさをやりすごす。

「やりちんって、ひでえなあ」

不満そうにぼやいているけど、やりちんでなかったらなんだっていうんだ。子どもみたいな外見とは裏腹に、ヒトリはかなりの場数をふんでいるみたいだった。こんなふうに時間をかけてていねいに前戯する男をこれまでわたしは知らなかったし、まだ肝心な部分に触れられてもいないのに、わたしのそこはすでにどろどろにあふれていた。

そして、目。肌の上を滑っていく、残酷でつめたい欲望をたたえた目の光。いったいどれだけの女を抱いたらこんな目で女の裸を見られるようになるんだろう。

「あ、」

お尻《しり》に硬いものが触れ、わたしは反射で声をあげる。つん、つん、と子どもがお菓子かなにかをせがむみたいに何度もつつくので、我慢できずに笑ってしまう。

「だめ？」

それから、どんな女もあらがえない声で言う。

ずるい、こんなの。

返事がないのを返事だと受け取ったんだろう。ヒトリはわたしの脚を開き、うしろから入ってきた。ひさしぶりだったからか、じゅうぶん濡れていたにもかかわらず、すこし痛みがあった。

「力抜いて」

耳たぶを噛《か》まれ、わたしは震えた。深く息を吸い込み、静かに体をゆるめていく。わたしの体がなじむのを待つように時間をかけてゆっくり行き来する。引き攣《つ》れるような痛みが、やがて切ない疼《うず》きを帯びはじめると、わたしはみずからせがむように腰をふっていた。

「いきそう」

わたしが達するのを待って、ヒトリは果てた。

「こんなのはじめて」とベッドをともにした女に言わせることが男のロマンだというけれど、ほんとに、こんなの、はじめてだった。

ひさしぶりに触れた男の肌は、いやおうなく本木《もとき》くんを思い出させた。彼を忘れるため、毎晩のように見知らぬ男たちと肌を合わせたこともあるというのに皮肉なものだ。

本木くんとのセックスは、痛いばっかりだった。自分でもどうすることもできないぐらい好きでたまらなかったせいなので、本木くんが悪いわけじゃない。本木くんに触れられると、わたしの肌はどこもかしこも熱を発するみたいにヒリヒリ痛んで、快楽ではなく痛みのために悲鳴をあげなければならなかった。そのせいか、本木くんのほうでも最後までできなかったりすることがよくあった。

まだ馴れないからだ、と最初は思っていた。

はじめてセックスしたとき、わたしも本木くんもまだ高校生だった。キスの仕方すらろくにわかっていない子ども同士、親のいぬ間に、わたしの部屋のベッドでせわしく初体験をすませた。

財布に忍ばせてあったコンドームがおかしかった。漫画なんかで、見たことがあったから。あ、ほんとに財布の中に入れとくものなんだ、と思って。友だちと連れ立って薬局に行き、お金を出しあって買ったのかな、コンドームはつねに財布に入れとくもんだ、いつなんどきなにが起こるかわからんし、それが男のたしなみってものよ、などと相談しあったりしたのかなあ。考えると、笑ってしまいそうになった。それまで見たことがないぐらい真剣な顔を本木くんがしていたからがまんしたけど。

わたしの体はまだ幼く、かたく閉ざされていて、完全に開かれてはいなかった。痛いのはそのせいだと思っていた。けれど、それから何度くりかえしても、ついに快感は訪れないままだった。

これはあとになってからわかったことだけど、本木くん以外の男性とならちゃんと感じたし濡れたから、わたしの体に欠陥があるわけじゃない。本木くんだって、わたしの知らないところでいろんな女の子としていたみたいだから、絶望的なへたっぴだったり、体に欠陥があったわけじゃないと思う。

考えられる原因はひとつ。わたしが本木くんを好いていたせいだ。それも、尋常でないほどに。そうして、同じように本木くんもわたしを好いていた、そのせいだ。

本木くんとは中学からいっしょだった。

わたしたちはたがいをこの世でいちばんきれいなものだと崇《あが》めていた。自分の中のいちばんきれいな感情を捧《ささ》げるにふさわしい相手だと信じていた。

初恋だった。

わたしたちは双子のようにいつもぴったりくっついていた。休み時間や放課後、授に業中でも。教室の中だろうと先生の目があろうと、憚《はばか》ることなくあたりまえのようにくっついているので、そのうちだれもわたしたちを冷やかしたりしなくなった。席替えで離ればなれになったとき、この世の終わりのようにわんわん泣いていたら、本木くんの近くを引きあてた女の子が席を替わってくれた。「あなたたちはくっついてるほうが自然だから」と言って。さすがに進級時のクラス替えはそういうわけにいかなかったけど、授業が終わってすぐ、遠くの教室から息せききって廊下を駆けてくる本木くんを見るのが、わたしは好きだった。

高校卒業後、東京の大学に進学することになった本木くんにくっついて、あたりまえのようにわたしも上京した。将来は結婚するつもりでいたし、双方の親にも公認になっていたから、わたしたちは東京の片すみにアパートを借りてともに暮らしはじめた。本木くんはそこから大学に通い、わたしは親戚《しんせき》のコネでいまの会社に潜り込んだ。学費と家賃は本木くんの親が仕送りしてくれていたので、生活費はわたしが出した。贅沢《ぜいたく》さえしなければ、ふたりで生活するのにそれで十分だった。

東京に出てきてからも、わたしたちは双子のようにいつもぴったりくっついていた。ごくたまにゼミの飲み会や会社の飲み会でどちらかが部屋を空けることはあったが、それ以外の時間はずっといっしょにいた。

しあわせだった。仕事を終え、アパートに帰ると本木くんがおなかを空かせて待っている。ふたりで外へ出て、近くの炉端焼き屋なんかで飲むこともあれば、いっしょにスーパーに買い出しに行くこともあった。カレーやチャーハンや寄せ鍋——かんたんなものばかりだったけど、本木くんが夕飯を作ってくれることもあった。休みの日には、東京の町をあちこち散策したり、上野動物園にパンダを見に行ったりした。ディズニーランドにも行ったし、お台場の観覧車にも乗った。横浜まで足をのばし、中華街でお昼を食べ、みなとみらいからシーバスに乗るのがわたしたちのお気にいりだった。

本木くん、といつまでもわたしは名字で彼を呼び、柴田、と本木くんもわたしを名字で呼んだ。

「結婚してからも本木くんって呼ぶつもり？　柴田も本木になるのに」

ことあるごとに本木くんはおちょくり、

「本木くんだってそうでしょ。わたしが本木になっても柴田って呼ぶつもりなの？」

とわたしがやりかえす。

ふたりとも照れくさかったのだ。いまさら名前で呼びあうことが。だからいつまでも冗談にまぎらせて、先のばし、先のばしにしていた。

もうひとつ、先のばしにしていることが、わたしたちにはあった。日々の暮らしに溶け込ませ、忘れようとすればいくらでもうまくやれた。それはすこし、生活から離れた場所にあったから。ひなたのにおいのする部屋、ささくれだった畳、おそろいの茶碗《ちゃわん》と使い古したバスタオル。湯あがりにふたりで飲むビール。蚊取り線香のけむり。くだらない冗談を言ってじゃれあい、わたしの首をゆるく締めつけるがっしりした腕から、痛い痛い、ギブギブ、と床を叩いて逃れた。濡れたように光る夜のアスファルト、ふたり揃ってほろ酔いで、きんもくせいの香りを胸いっぱい吸い込んだ。寒いから、今日は湯豆腐にしようと眠たいような声で本木くんが言う。

それだけでよかったのに、それだけじゃだめだった。

わたしたちが決定的にだめになったのはいつなんだろう。あれから何年も経《た》つというのに、わたしはいまだにそんなことを考えてしまう。もしかしたら最初からだめだったのかもしれないけど、それじゃあんまりだ。あんまり哀しすぎる。

東京に出てから四年目の春、本木くんは東京の企業から内定をもらい、卒業したらすぐにでも式を挙げようとふたりで相談していた。少ない収入をやりくりし結婚資金にと貯《た》めていたお金もあったし、ちいさかったけどダイヤのついた婚約指輪ももらった。卒業したら結婚しよう。すぐには無理かもしれないけど子どもを作って、郊外にちいさくてもいいから家を買って、ずっといっしょにいよう。

夢のように幸福な日々の中で、しかし、わたしは見つけてしまった。

本木くんの財布の中にコンドームがあった。

ちょっと小銭を借りるだけのつもりだったのだ。いつもなら、無断で本木くんのものに触れたりしない。たまたま本木くんがお風呂に入っていて、冷蔵庫にビールを切らしていて、角の自販機までひとっ走りしようと思って、あいにく自分の財布には一万円札しか入ってなくて、それでしかたなく彼の財布に手を伸ばした。高校生のころから使っているボロボロの財布。べりべりとマジックテープを剝《は》がしてみたら、思いがけず物騒なものが飛び出してきた。

それは、見たこともないぐらい禍々《まがまが》しい色のコンドームだった。コンドームといえば、きれいな色だと思い込んでいたわたしにはいささか衝撃的だった。三年前に買ったきりほとんど使うことなくたんすの奥に入れっぱなしになっていたコンドームと潤滑ゼリーのことをふいに思い出した。

わたしたちはもうずっとそういうことをしていなかったし、いっしょに暮らすようになってからはわたしが管理するようになっていたから、これは本木くんが自分で買って、どこかでだれかと使うために忍ばせておいたものなんだろう。

思いあたることならあった。婚約指輪を買うためアルバイトをはじめた本木くんは、週に三、四日、部屋を空けるようになった。帰りが深夜に及ぶこともあり、お酒のにおいをさせてくることもあった。指輪を買ってからもやめようとはせず、なんのアルバイトをしているのかは最後まで教えてくれなかった。

浴室から本木くんが出てくる気配があって、わたしは急いで財布をもとの場所に戻した。なにかを考える時間なんてなかった。

「どうした？」

濡れた髪をタオルで拭きながら、本木くんが部屋に入ってきた。

「ううん。なんでもない」

わたしは先のばしにした。見てみぬふりをした。

「柴田ってほんとぼんやりだよな。ほっとくと、いつもそうやって、ぼーっとしてる。これからぼーぼーって呼ぶわ」

おちょくるように言って、本木くんは笑った。ぼうぼう、おーいぼーぼー、としきりにくりかえす。なにそれ、意味わかんない、と頰《ほお》をふくらませながら、あ、甘やかしてる、と思ったんだった。

あのとき、どうすることが正解だったのか、いまもってわたしにはわからない。

卒業を待たずして、本木くんは部屋を出ていった。

隣で眠るヒトリを起こさないよう身支度をすませて部屋を出た。なるべく余計なことを考えないよう駅まで歩き、なるべく余計なことを考えないよう通勤電車に乗り、なるべく余計なことを考えないよう出社し漫然と仕事した。

昨晩、調子にのって散財したせいで財布には四十七円しか入っておらず、昼休みはいつもそうしているように一人で外に出て、公園のベンチで水筒のお茶をがぶがぶ飲んでやりすごした。おなかが空いてると、わたしはもうそのことしか考えられなくなるのでちょうどよかった。そのためにいつもおなかを空かせているんじゃないかと思うほど。

「柴田さん、もしかしてその靴……」

昼休みが終わり、ロッカー室で室内履きに履き替えようとしていたら、同僚の女の子に声をかけられた。わたしは待ってましたとばかりに片脚をせり出して、モデルのようにポーズをとった。

「そう、ジミーチュウの新作。買っちゃったの」

ただし質屋で、ということは伏せておく。

うそー、信じられない、うわあ、やっちゃったねえ、とあちこちから声があがる。軽蔑《けいべつ》と嫉妬《しっと》と羨望《せんぼう》と――彼女たちの目の奥に複雑な色が浮かんでいるのにわたしは気をよくし、踵《かかと》を鳴らして狭いロッカー室を歩きまわった。普段はみんなして遠巻きにしてるくせに、新しいバッグや靴を身につけていくといつもこうだ。

「いやーん、それヴィトンの新しいのじゃないですかあ」

「トッズのバッグ買ったんだ？」

だれかが目ざとく気づいて騒ぎ立て、お望みどおりわたしは「裸の王様」を買ってでる。

シーズンごとにくるったようにブランドの新作を買いあさるわたしのことを、陰で「あれ、ビョーキだよ」と彼女たちが笑っているのは知ってる。入社したころは地味で冴《さ》えない田舎《いなか》のお嬢さんってかんじだったのに、いったい柴田さんってばどうしちゃったの。婚約者と別れて、それでぷつんとなにかが切れちゃったんじゃない。それにしたっていくらなんでも異常だよ。三食削ってブランド品に注《つ》ぎ込むなんてイカれてる。

槍玉《やりだま》にあげられるのも、今日ばかりはそんなに悪くなかった。囃し立てられ、調子に乗って応えていれば余計なことを考えなくてすむからだ。

余計なことというのはつまり、ヒトリのことだった。ヒトリのことを考えてしまうのが、わたしはこわかった。

そんなふうになるべく余計なことを考えないよう一日をすごして部屋に帰ると、信じられないことにヒトリはまだそこにいた。

「おかえり」

にこにこ笑ってわたしを見あげ、コンビニでもらってきたらしい期限切れの弁当をすすめる。もうとっぷり陽が暮れているというのにカーテンも閉めないで、ベランダには洗濯済みのラルフローレンとジルサンダーが揺れていた。

空腹のためか、それとも他のなにかのせいなのか、くらりと眩暈《めまい》がして、わたしはただいまも言わずにクロゼットを開き、買ったきりろくに使っていなかったバッグや靴を引きずり出した。

「カツ丼！」

焦っていたせいで、ほとんど叫び声になった。

「カツ丼？　カツ丼がどうかした？」

「お金ないから、ここにあるバッグ売って、カツ丼食べに行こう」

しゃべっているうちになにかがあふれて、目からこぼれそうになった。なのに、耳から入ってくる自分の声は怒っているみたいにつっけんどんだった。

腹の足しにもならないハイヒールなどとっととお金にかえて、この子とおいしいものをたらふく食べたい。一刻も早く。わたしはもうそのことしか考えられなかった。

「これも売る？」

大きな紙袋にかたっぱしからバッグを突っ込んでいると、ヒトリがシャネルを差し出した。

「いいよ。それ、あんたのでしょ」

「だったら、あげる。おれいらないし。売るなりなんなり、好きにしていいよ」

つい、と押しつけるみたいにぞんざいな口調で言うので、

「やめてよ。わたしはまだシャネルにふさわしくない」

咄嗟《とっさ》にわたしは、そんなことを口走っていた。

「は？」

ヒトリがきょとんとする。かっと耳まで赤くなるのが自分でもわかって、わたしは顔を背けた。「急がないと質屋しまっちゃうから、ほら、行くよ」

閉店間際の質屋に飛び込んで査定を待っているあいだ、店のあちこちに飾られているココマークが目に入るたび、恥ずかしくていたたまれなくなった。他のどんなブラ

ンドマークを見たってひるむことはないけど、シャネルは別だ。世界中のあらゆるブランドマークを手にしてきたわたしだが、ココマークだけは口紅の一本も持っていない。だって、まだ、シャネルにふさわしくないから。

「うへー、こんなちまいのがこんな値段なの？」

ショーケースにくっつくぐらい顔を近づけて、べろんとヒトリが舌を出す。つんつるてんのスウェットに薄汚れたマッキントッシュという不格好な姿をしてるのに、ブランド品で埋め尽くされたこの場所に不思議とよくなじんでいた。

前々から思っていたけれど、質屋ってつくづく変な場所だ。あけっぴろげで、身もふたもなくて、高級品を扱ってるのにエレガンスとは程遠く、やたらめったら明るくてぴかぴかしてる。俗っぽいのに非日常。ある意味に於いて「生活」を放棄しているわたしたちには似合いの場所かもしれなかった。

「直営店に行ったらこの倍はするよ」

「まじかよ」

「査定金額もこれぐらいあればいいんだけどね」

「なんでそんな高い金出して買ったものを売っちゃうの？」

まったくもって、ごもっともな質問だった。そんなこと、わたしにだってわからない。なんでわたしは食うのに困るほど買物しちゃうんだろ。なんでわたしは死ぬほど恋した男と別れてのうのうと生きてられるんだろ。なんでわたしはよく知りもしない男の子といまこうしてここに立っているんだろ。

「おまえにひもじい思いをさせるわけにいかないからねえ」

うっすら目を細め、芝居がかった調子で言うと、おかあちゃん、ごめんよ、おいらが不甲斐《ふがい》ないばっかりに、とヒトリはすぐに乗ってきた。おいらが一人前になったら、きっと楽させてやっからな、おかあちゃん、ごめんよ。うれしいことを言ってくれるねえ、いいんだよいいんだよ、おまえさえいてくれればあたしゃなにもいらないよ。

「柴田様、お待たせいたしました」

調子に乗って小芝居を続けていたら、名前を呼ばれた。ヒトリと目配せしあって笑いを嚙み殺し、わたしはカウンターで現金を受け取った。

それから駅前のスーパーへ行き、男物のパジャマや下着や歯ブラシを買い揃え、帰りに近所のうどん屋さんでカツ丼を食べた。わたしはビールを飲み、おかあちゃん、すまないねえ、と言いながらヒトリはカツ丼に加え、おかめうどんまで食べた。ぽんぽこりん、ぽんぽこりん。うたうような調子でとなえながら手をつないで帰り道を歩いた。その夜は、ふたりで風呂に入り、濡れた髪も乾かさないままあわただしく交わり、裸で眠ってしまった。せっかくパジャマを買ってきたっていうのに。

そのようにして、ヒトリはわたしの部屋に棲《す》みついた。

会社から帰ってくると、カーテンを開け放した部屋でヒトリが待っていて、ベランダには洗濯物が揺れている。夜露でしけるから、と何度言ってもきかないのだった。

「夕方、部屋でぼうっとしてると、思い出すんだ」

「なにを？」

「夕陽が射すと部屋の中がオレンジっぽくなるだろ？　それで洗濯物の影がちょろちょろ、こう、このへん、視界のすみっこにあるかんじが、なんか、すごく、よくて」

なにをたずねても、こんなふうに答えとはいえない答えが返ってきた。

ヒトリの身の上についてはなにもわからずじまいだったが、たずねたところで本当のことを教えてくれるとは思えなかったし、知りたいとも思わなかった。わたしが会社に行っているあいだ、彼がなにをしているのかもよくわからなかった。一日中部屋にいて、洗濯したり掃除したり、寝転がってテレビを見たりしているときもあれば、どこかへ出かけているときもある（そういうのは、その場にいなくても、帰ってきたときの部屋の湿度とかにおいでわかる）。どこへ行ってたの、とたずねることもできたが、わたしはしなかった。そんなことを飼い猫に問い詰める飼い主はいない。

ふたりでいると、わたしは空腹でいられなくなった。一人でおなかを空かせているのは怠惰で済むが、ふたりでおなかを空かせているのは罪悪だった。

それで、長らく使っていなかった炊飯器で米を炊き、惣菜《そうざい》を買って帰ったり、スーパーで食材を買ってきて調理するようになった。ごくまれにヒトリが作ることもあった。野菜たっぷりのラーメンや塩焼きそば、ラードで炒《いた》めたこま切れ肉とキャベツ、叩いたきゅうりとにんにくを豆板醤《トウバンジャン》で和《あ》えたもの。どれも安あがりでかんたんなものばかりだったけれど、こなれた味でおいしかった。

ヒトリと暮らしはじめて一ヶ月もしないうちにわたしは三キロ太り、着られなくなったドレスやスーツを売り払い、そのお金で寿司《すし》や焼肉を食べに行き、またさらに太った。食べても食べてもヒトリは痩せっぽちのままで、あんたばっかりずるいとわたしは彼を責めた。

するとヒトリは、

「ぶーちゃん」

とからかうように言って、脇《わき》のあたりの肉をつまみ、さらにわたしを逆上させるのだった。

「なによ、あんたなんて。こうしてやるっ」

戯れにヒトリの頭や背中をぽこぽこ殴っているうち、細い腕がわけなくわたしの手首をひねりあげて、あっさり形勢が逆転する。そのまま乱暴に床やベッドに押しつけられ、ぞっとするほどつめたい三白眼で見おろされる――その瞬間が、好きだった。ぞくぞくして、よかった。強引にされたくてそうすることさえあった。

こんなふうに責めればよかったのかもしれないな、といまになって思うこともあった。あんたばっかり他の子と寝てずるい、わたしだって他の男とやりたい、とはっきり本木くんに言ってやればよかったんじゃないかと。最後まで彼を裏切ることはなかったけど、わたしにだって欲望はあった。相手の女の子たちにではなく本木くんに、わたしは嫉妬していたのだ。

本木くんと別れてからしばらくのあいだ、わたしは途方に暮れていた。もしかしたら、いまもまだ途方に暮れつづけているのかもしれない。

本木くんのいない人生を、どうやって生きていったらいいのか見当もつかなかった。本木くんと出会ってから十年、本木くんとすごした日々、その蓄積がわたしを苦しめた。

最初はお酒に手を出した。なにかを忘れるためにはお酒がいちばんてっとり早かった。酔っぱらうとやたら人肌が恋しくなり、夜の町に出て男あさりをした。そのうち目的があべこべになって男あさりをするために飲みに出かけるようになった。セックスがほんとうは気持ちのいいものだということは、そのときに知った。

たまらなかった。知り合ったばかりの、まったく好いてもいない男とのセックスがすごくいいこと、それ自体もたまらなかったが、本木くんもこんな気持ちだったのかと思い、なによりそれがたまらなかった。

本木くんは絶望していたのだ。このままずっと、この女といなけりゃならないのかと。あの部屋を出ることになったとき、彼は心底ほっとしていただろう。責めることなんてできない。わたしだって、どこかでほっとしていたのだから。これでやっと離れられる、と思って。涙も出なかった。喪失感と解放感のちがいが、あのときのわたしにはよくわからなかったのだ。

そういうぜんぶが、たまらなかった。

買物に嵌《は》まったのはそれからだ。

結婚資金にと貯めていたお金で新しく部屋を借り、家具や家電製品を一新した。それでもかなりのお金が残ったので、ぱあっと使い果たしてしまおうとデパートに飛び込んだ。

春で、目のさめるようなパステルカラーの洪水が押し寄せた。目の前がちかちかして、フロアを歩くのもやっとだった。サナギから孵《かえ》ったばかりの蝶々《ちょうちょ》は、きっとこんな気持ちで花畑を飛びまわってるんだろうな、と思った。かろうじて名前を知っていたブランドショップに足を踏み入れ、店員の言いなりになってドレスやブラウスを試着した。量販店や通販でしか服を買ったことのなかったわたしは、こんなにうつくしく洗練されたものがこの世に存在するなんて、と目を剝《む》いて驚いた。それらの服はただうつくしいだけでなく、これまで味わったことのないような高揚感をもたらしてくれるのだった。

同僚の女の子たちが噂《うわさ》してたとおり、それまでのわたしは地味で冴えないいもねえちゃんだった。少ない給料から二人分の生活費を捻出《ねんしゅつ》し、さらに積み立て貯金までしていたのだからせんないことだ。身のまわりにかまってる余裕なんてなかったし、またその必要もなかった。あのころ、わたしの世界は本木くんでできていたのだから。

わたしは飛躍したかった。十年の蓄積から。失った恋の残骸《ざんがい》から。

そのためにファッションはうってつけだった。身につけるだけで翼の生えるようなファンタスティックなデザイン。エッジが利いていて、しみったれた生活からかけ離れていればいるほど、よかった。たとえばそう、ジミーチュウ。

自分でもどうかしてることはわかっていた。月に何十万も服やバッグに注《つ》ぎ込めるような稼ぎなどなかったので、生活はすぐに立ちゆかなくなった。なのに、やめられないのだった。ざぶざぶお金を使うのは脳がしびれるほど気持ちよかったし、買ったものを褒められればうれしかった。

飛躍というよりそれは、どんどん沖へ沖へと流されていくような感覚だった。舵《かじ》も帆もなんにも持たず、板切れ一枚につかまって、なんとか顔だけ水面から出している。これから自分がどうなるかなんて考えたくもなかったし考えられなかった。おなかを空かせていれば考えずにすんだ。

それも、ヒトリと暮らしはじめてからは、止まってしまった。あんなに無尽蔵にあった物欲はあとかたもなく消え去り、毎日三食ごはんを食べ、夜眠る前にセックスをする。

なんだ、結局そういうことなのか。わかりやすすぎる。

「柴田さん、このごろずいぶん落ち着いてるみたいだね」

会社に弁当を持参するようになったわたしに、こっちでいっしょに食べようよ、と、厚意から同僚たちが声をかけてきた。うまく断ることができなくて、わたしはおとなしく連行された。

「最近、買物はしてないの？」

「みんな心配してたんだよ？」

「一時期、異常なぐらい買物してたじゃない？」

「ねー、もしかして買物依存症なんじゃないかってねー」

「前はガリガリだったのに、このごろどうしたのよ？」

「や、変な意味とかじゃなくて。ふっくらしてきれいになったなって」

「ねー、話してたんだよねー」

ものすごい勢いで話しかけてくる彼女たちを曖昧《あいまい》に笑ってやりすごした。最後の、いちばん肝心な質問をだれがするか、腹の底を探り合ってる気配がずっとあって、

「もしかして、新しい男でもできた？」

ついにだれかが口にした。

「えへへ。まあ、そんなとこ」

めんどくさいしじゃまくさいので、そういうことにしておいた。わかりやすいストーリーを彼女たちが求めているのがわかったから。

実際は、そんなに単純じゃない。

愛とか恋とかそういうことではなくなし崩しにこうなった、というのが正直なところで、わたしは最初からヒトリを猫かなにかのようにしか思っていなかったし、とも

に暮らすようになってもそれが愛とか恋とかに変わる気配はなかった。最初にセックスがあった。けど、それだけでないことも確かだった。それがなんであるのか、ふさわしい言葉をわたしは知らなかったし、ヒトリと暮らすまでこんなものが存在することも知らなかった。愛でも恋でもない、わたしたちのあいだにあるもの。

「ねえ知ってる？　猫のちんちんってトゲトゲになってて、あのとき、すごく痛いんだって」

わたしはつぶやいて、栗色《くりいろ》の長い髪に指を入れる。根元までずっと同じ色だから、染めているわけではないんだろう。やわらかくて細いヒトリの毛は、放っておくとすぐに毛玉のように絡まってしまう。根気よくていねいにほどき、くしで梳《す》いてやるのが日毎の愉《たの》しみになった。本木くんの毛は硬く、いつも短く刈っていたから、このような愉しみがあることをヒトリと暮らすまでわたしは知らなかった。

「だから、あんな——」とヒトリは言って、窓の外を顎《あご》でしゃくった。「あんな声なの？」

どこかで猫が鳴いていた。

なおなお、と最初のうちはのんきで甘えた響きだったのに、そのうち、こわいぐらい凄《すさ》まじいものになった。春にはよくある、あの声だ。

「すげえ声」

ヒトリが笑った。

猫の声がどんどん極まって、なにかもうこの世のものとは思えないほど凄絶《せいぜつ》になっていく。わたしはヒトリの首にかじりつき、ほどいたばかりの髪の毛をぐちゃぐちゃにかきまぜて鳴き声を追い払いにかかった。若い体はすぐに応じ、わたしの望みをかなえた。

「猫じゃなくてよかったね」

終わってからあっけらかんとヒトリは言ったけど、わたしはまったくちがうことを考えていた。


夏がはじまる前に、ヒトリはいなくなった。

しばらく雨の日が続いていて、そろそろ梅雨入りだね、なんて話をしていた。

その日も夕方から雨が降りはじめて、迎えにきてもらおうと駅から電話をかけたのに、ヒトリは電話に出なかった。しかたなく売店で傘を買って帰ると、部屋の電気が止まっていた。

「あれ？」

ぱちぱちと何度スイッチを切り替えても電気がつかない。それで電話がつながらなかったのか、と合点がいった。

外廊下の灯《あか》りはついているから停電ではなさそうだ。そういえば電気代を払い忘れていたかもしれない。電気を止められるのははじめてではなかったので、わたしはさほどあせらず薄暗い部屋の中を見わたした。ベッドでヒトリが眠っていた。

「ヒトリ、起きて。電気がつかないの。ねえ、起きて」

「うわー、寝てた。おかえり」

あのとき、ほんとは寝てなかったんじゃないかって、あとになってから思った。待ちかまえてたみたいに、ぴょんとベッドから跳ね起きたから。ビックリ箱に入ってるバネ人形ってあんなふうだ。

「電気代払うの忘れてて、電気止められちゃったみたい」

わたしが言うと、えっ、と大げさにヒトリはあとずさった。いまから思えばそれも、なんだかわざとらしかった。

「なんだよ、今日サッカーやるのに、見れないじゃん」

「そうなの？　日本戦？　ワールドカップ？」

わたしはサッカーにまったく興味がなかったし、ワールドカップがなんなのかもよくわかっていなかった。

「そう、日本戦、ワールドカップ。ぜったいに見逃せない試合」

「じゃあ、いまからコンビニ行って入金してくる」

「いまからで、電気いつ戻るの？　サッカーの中継に間に合うの？」

「え、わかんない」

サッカーサッカーってなにをそんなに大騒ぎしてるんだろう、とわたしは不思議に思った。ヒトリが「サッカー」という単語を口にするのなんて、その日はじめて耳にした気がした。

「雨降ってるし、おれが行ってくる」

暗がりの中、懐中電灯の灯りを頼りに払い込み票を見つけ出すと、ヒトリはさっさと靴を履いて出ていこうとした。

「すまないねえ」

その背中に向かってわたしは言った。「わたしがちゃんとしてないばっかりに面倒かけて、すまないねえ」

「なに言ってんだい、おかあちゃん。言ったろ、いつか楽させてやるからって」

最後まで言い終わらないうちに扉が閉まった。ヒトリは傘も持たずに飛び出していった。

「あ、お金」

電気代を渡してないことに気づいておもてまで出たが、彼の姿はもう見えなくなっていた。雨の中、再び外に出ていくのも億劫《おっくう》だったので、わたしはおとなしく部屋に引き返した。どうせすぐお金がないのに気づいて戻ってくるだろうと踏んで。

けれどそれきり、ヒトリが戻ってくることはなかった。

翌日、会社から帰宅すると、電気は元通り使えるようになっていた。テレビをつけてチャンネルを替えても、サッカーはやっていなかった。

部屋からはヒトリの痕跡がきれいさっぱりなくなっていた。手ぶらで出ていったはずなのに、どういうわけか最初に彼が身につけていたものも、わたしが買い与えた下着やパジャマなんかも、使いかけの歯ブラシでさえも、ヒトリがこの部屋にいたことを証明するものはなにも残っていなかった。わたしの体にみっしりついた脂肪の他には。

なんだったんだろう、あれは。

夢か、まぼろしか。いまにも溺《おぼ》れそうになっていた女のもとへ、だれかが遣わした助け舟だったのか。狐《きつね》につままれるというのはこういう気分なんだろうか。

なにが起こったのかよくわからないまま、わたしは日常に戻っていった。カーテンの隙間から射す朝陽に目を細め、身支度をととのえて会社に行き、お昼休みには同僚のおしゃべりにつきあい、一日の仕事を終え、ぱんぱんにむくんだ足を引きずり駅から家までの道を歩く。なんとなく、ぼんやりと、なし崩しに、日々の蓄積に促されるままに。これが生活なんだと、半分あきらめるような気持ちで。

もしかしたらヒトリは気づいていたのかもしれない。わたしが答えを探していたことを。わかりやすく、だれしもが納得できるような答えを。それで、身をひるがえして逃げていったのかもしれない。あれはそういう男の子だ。つるつると防水加工されたビニールクロスみたいになにもかもを弾いて、決して染みこませない。そういう男の子。

梅雨があけ、夏がはじまったばかりのころ、質屋の軒先でシャネルを見かけた。黒いマトラッセのボストン。黄金のココマーク。

「あ」

立ち止まって、ガラスにへばりついた。ヒトリが背負っていたあのバッグだと直感でわかった。同じデザインのバッグが出回ることなど珍しくもないのだろうが、ぴんときた。

「だからなに」

ヒトリと暮らした日々の証拠になるようなものを、なんでもいいから残しておきたいと思う気持ちはあったが、ヒトリに出会うずっと以前からファーストシャネルは2・55と決めていたのだ。ボストンを買うつもりなど毛頭なかった。第一、わたしにシャネルはまだ早い。いくらボーナスが出たばかりとはいっても、そんなことは関係ない。

しばらくのあいだ、わたしはシャネルとにらめっこを続けていた。

東京タイガーリリー

渋谷ハチ公前。
混雑と暑さにうんざりしていた
あたしの前に、
魔法みたいにそいつは現れた。

【明日、三時に渋谷ハチ公前で】

ばかじゃないの、こいつ。

メールを見て、吐き捨てるようにあたしはつぶやいた。

夏休みのまっただなか――それも、週末の渋谷なんて、想像しただけでうんざりする。しかもハチ公前って……普通に考えてありえない。なんでわざわざ、そんな世界でいちばん混雑してそうな場所を指定するんだろう。それも、顔もわからない相手との待ち合わせに。

――って思ってた。

実際、指定された時間に指定された場所にくるまでは。

その日は朝から迷惑すぎるぐらい晴れてて、午後三時のハチ公前は灼熱《しゃくねつ》地獄だった。容赦ない太陽光線と照り返しで、体感温度はゆうに四十度こえてたと思う。かんべんしてよ。冗談きついって。

予想どおり、だらだら汗流しながら人待ち顔で立ち尽くしてるギャルとかギャル男とか、夏休みだってのになぜか制服着てたむろってるJK集団とか、OLふうだったりバンギャふうだったりするおねえさんたちで広場はごみごみしてた。うんざりしながらその中にまぎれたら、あ、逆にこっちでよかったのかも、と思えてきた。てろんとしたデニム地のショートサロペットにビニールサンダルという格好のあたしは、目印さえ取ってしまえばすんなりこの場にまぎれてしまう。これなら遠目に相手を見つけて、やばそうだと思ったらいくらでも逃げられる。

広場のはじっこ、木立の陰になってるところは特にぎゅう詰めで、なんとか居場所を確保したあたしは念のため携帯をマナーモードに切り替えて、目印にと伝えておいたパナマ帽から赤いハイビスカスのコサージュを抜き取った。これでもう、向こうからあたしを見つけることはできない。

昨日届いたメールをあたしはもう一度確認した。

【目印は腰にぶらさげたドリームキャッチャー】

これも最初見たときは、はあ？　だった。なんでわざわざそんなわかりにくい目印にするんだろう、一目でわかるようなのにしてくれたらいいのに、って。

もしかしたら向こうも警戒してんのかもしれない。そりゃそうか。リスクが高いのはむしろあっちのほうだし。

あたしはさりげなくあたりをうかがった。陽射《ひざ》しが強くて目の裏がぴりぴりする。ママのサングラスを借りてくればよかった（ディオールのかっこいいやつ。でもたぶんあたしには似合わない）。ジーンズのベルトループにウォレットチェーンを引っかけている男はちらほらいるが、ドリームキャッチャーをさげてるやつは見あたらない。どうやらこっちから相手を見つけるのも難しそうだ。

と、思った矢先に、そいつはあらわれた。

歩行者信号が青に変わり、スクランブル交差点の対岸からどっと人の波が押し寄せる。その中に、彼はいた。

警戒してる、だって？

そんなことなかった。ぜんぜんちがった。

もちろん人混みの中にあって、腰からぶらさげたドリームキャッチャーを確認できたわけじゃない。だけどあたしにはすぐにわかった。彼があたしの待ち人であると。

似たような光景をあたしは知っていた。

あれはどこの海なんだろう。かなり昔、たぶん湘南《しょうなん》か伊良湖《いらご》、でなかったらどこか海外のサーフビーチ。

空はペンキで塗りつぶしたみたいに真っ青で、嵐の前だったのかそれとも過ぎた後だったのか、びゅうびゅう風が吹いていて、海は荒れくるっていた。砂浜に敷いたタオルケット。熱く灼《や》けた白い砂。しゅるしゅる風に乱されるゆたかで長い髪。サーファーたちの姿が黒い点になって海に浮かんでいた。だれもかれもが波をつかまえにいこうとしてあっけなく呑《の》み込まれていく中で、ただひとり、ゆうゆうと、海の上を滑っていく影があった。

ミッキーの魔法だ、とそれを見てあたしは思った（『ファンタジア』はあたしのいちばんのお気にいりだ）。そのサーファーは己の肉体とサーフボードを操ってるのではなく、海それ自体を操ってるのだと。鍛錬や経験など及ばない、もっと超人的な力が働いてるのだと。

そんなふうにして、ヒトリはあたしの前にあらわれた。

波に呑み込まれることなく、すうっと彼は交差点をわたってきた。数百――ひょっとしたら数千の通行人の中で、ひときわ目を引くものが彼にはあった。美しい容姿のせいもあっただろうけど、それだけじゃなくて、やっぱりあたしにはなんかの魔法のようにしか見えなかった。

あたしは自分から彼に近づいていった。見えない糸でたぐり寄せられるように木陰を出て、ハイビスカスのコサージュを胸の高い位置にかかげ持つようにして。

ジーンズの腰のあたり、くすんだターコイズ色のドリームキャッチャーがゆらゆら揺れていた。催眠術のコインみたいだと思った。見ているうちに平衡感覚がくるって、どこかちがう世界に迷い込んでしまいそうになる。

ヒトリはなかなかあたしに気づかず、あたしを探してあたりをきょろきょろうかがっていた。あたしはまっすぐヒトリに向かっていたのに。

「あ」

あたしの胸のハイビスカスに焦点をあわせ、ヒトリが声を漏らした。それからぱっと顔をあげ、たがいちがいに赤い花とあたしの顔を指で差した。

「もしかして、ナミちゃん？」

その指先におもいっきり嚙《か》みつきたい衝動をこらえ、あたしは鋭く彼をにらみあげた。

「挨拶《あいさつ》はいらない。いますぐあたしを誘拐して」

ヒトリのことは理亜無《りあむ》から聞いた。

夏休みに入ってから、膨大にありあまった時間をやりすごすためにはじめたアバターチャットのサイトで理亜無とは知り合った。リアルに会ったことはいまのところ一度もない。その予定もない。

理亜無というもろDQN《ドキュン》ネームは、もちろん本名ではなくハンドルネームだ（といってもあたしは理亜無の本名を知らないんだけど）。RPGのキャラクターみたいな銀髪碧眼《へきがん》のアバターにドクロや蜘蛛《くも》の巣マークの洋服をよく着せている。自称リア厨《チュウ》で不登校の引きこもりでメンヘラで変態ということだけど、チャットでしゃべってるぶんには普通にいい子だと思う。

個性的っていうのかアングラっていうのか、理亜無みたいのをなんと表現したらいいのかあたしにはよくわかんないんだけど（【DQN】も【リア厨】も【メンヘラ】も、ネットスラングのほとんどをあたしは理亜無に教わった）、まったくの無趣味で無個性なあたし（ハンドルネームは【ナミ】、どこにでもいそうな茶髪セミロングのアバターに無難なティアードワンピを着せてる）と理亜無とじゃ、チャットしてても盛りあがるはずがなかった。なんとなくログイン時間がかぶってるってのと、あたしたちが出入りしていたチャットルームがいつも【人稲《ヒトイナ》】なせいで、すぐにおたがいを認識するようになって、毎日だらだら世間話しているうちに親しくなってたってかんじ。

あたしたちが常駐しているサイトにはチャットルームがいくつもあって、夏休みがはじまるまで理亜無はメインルーム（入場待ちしないと入れないぐらい人気のあるチャットルーム）のぬし的存在だったそうだ。夏休みに入ったとたん大挙してやってきた【夏厨《なつチュウ》】どもにうんざりして、こっちに避難してきてるんだと、なにか大事なうちあけ話をするように教えてくれた。【よくわかんないけどすごいね】と、【夏厨】のひとりであるあたしはてきとうに答えておいた。理亜無の話がほんとうかどうかなんて確かめるすべもなかったし、どっちでもどうでもよかった。ただなんとなく、理亜無はこんなふうにあちこちでぬし自慢をしてまわってるんだろうなという気がした。そうして、こんなふうに屈託なく彼女の話を聞いてやってるのはあたしだけなんだろうなという気もした。

そんなふうに、ちょっとずれたところのある子だったけれど（というようなことをあたしが言うと、理亜無はものすごく喜ぶ。【うはwばれてるwあたしガチ変態だしwww】ってふうに）、あたしは理亜無をきらいじゃなかった。リア友には話せないようなことも理亜無になら気軽にうちあけられたし、理亜無のほうでもそうみたいだった。ほんとうの顔も名前も年齢もどこに住んでるのかも知らない、その距離感が逆によかった。

あたしたちはおたがいを利用しあっているんだと思う。悪いことだとは思わない。

メリットなしの友情なんて成立しようがないし。理亜無の望む言葉を、あたしは与えてやることができる（【おままじドＭｗド変態ｗｗｗ】とか。こんなこと言われて喜ぶなんて理亜無はほんとにドＭでド変態だ）。理亜無はあたしの孤独をいやす。

ときどきふっと、生身の理亜無の息遣いや体温を感じるときがある。モニターにはＤＱＮ丸出しのアバターが映っているのに、現実の理亜無は目も髪も真っ黒で、小動物のようにびくびく震えてるかんじがする。手を伸ばして触れ合えるならいますぐにでも抱きしめてやりたいと、そういうとき決まってあたしは思う。ひとりぼっちの夜をともにすごす女の子がこの地球上のどこかに存在する。あたしはひとりじゃない、ひとりじゃないんだ。そんなの錯覚かもしれないけど、錯覚でもなんでも、「ひとりじゃない」と思わせてくれるだれかがいることがあたしには重要だった。

あたしたちは友だちだ――と言っていいと思う。たとえ一度も会ったことがなくても。

その日も眠れずに、０時をすぎてからあたしはサイトにログインした。チャッ友リストに登録しておくと、相手がログインしたときすぐにわかるようになっているので、先にログインしていた理亜無と落ち合っていつものようにしゃべりはじめた。そのとき、ガキの使いのような報酬で、あれこれ面倒事を請け負ってくれる便利屋がいるらしいと理亜無から聞かされた。

便利屋とはいっても、郵便ポストにチラシが入ってるような町の便利屋さんとはわけがちがう。いうなればガキの便利屋さんといったところで、顧客は主に十代。都内の子どもたちのあいだでは口コミでじわじわ評判が広がっていて、いまや知る人ぞ知る存在になっているらしい。ストーカーやいじめっこやＤＶ彼氏の撃退、エロ本やエロビデオやエログッズの調達、ロストチェリーやロストヴァージンのお手伝い、援助交際時の用心棒、中絶手術の同意書の代筆などなど、犯罪スレスレというか完全アウト——もろに犯罪でも、殺しと強姦《ごうかん》以外ならなんでも請け負うそうだ。

どこまでほんとだか怪しいところだけど、かなりヤバげなことは確かだった。退屈しのぎや興味本位でかかわるのは危険すぎる。ゆとり世代とばかにされがちなあたしたちにだって、それぐらいわかる。

そこまで考えた上で、

【その便利屋に連絡とるにはどうしたらいい？】

あたしは理亜無にたずねた。

【ちょいロムる】

という返事がきて五分も経《た》たないうちに、どこからか引っぱってきたメールアドレスを理亜無が教えてくれた。

それが、三日前のことだ。


「それってつまり、狂言誘拐ってことだよね？」

依頼内容を聞いてもヒトリは顔色ひとつ変えなかった。それどころか、「〝あたしをさらって〟なんて、情熱的なお嬢さんだなあ」などとおちょくるようなことを言う。

あたしはこういうの、免疫がないから、たちまちかあっと顔が熱くなって、

「やるの？　やんないの？」

挑むようにヒトリを見あげた。

そんなあたしの拙《つたな》さをヒトリはきれいに受け止めて、

「まあまあ落ち着いて。ここじゃなんだから、ちょっと移動しよ」

言うなり、もう歩きはじめてる。混雑するハチ公前広場を、すいすいっとローラーブレードですり抜けてくみたいな身軽さで、どんどん先に行ってしまう。

「ちょっ、待ってよ」

あたしは急いで彼を追いかけた。

頭の中では、ヒトリがするみたいにクールに人波をかわしていくイメージができて

るのに、リアルではうまくいかず、すれちがう人の肩や腕が体のあちこちをかすめていく。広場を抜けて高架下にたどりつくまでに、向こうから歩いてきた人と正面衝突しそうになって、たがいにゆずりあって左右にふらふらして――ってことをなんべんもくりかえしてしまった。照れくさそうに笑ってやりすごす相手もいれば、思いきりじゃまくさそうに舌打ちするおっさんもいた。これだからいやなんだ、渋谷なんて。

「だめじゃん」高架下で信号待ちしていたヒトリがふりかえって笑った。「これから誘拐されるって人が、だれかに顔おぼえられるようなことしてちゃ」

あたしは絶句してヒトリを見た。どっちが？

色素の薄いふわふわした髪、なにを考えてるんだかよくわからないうろんな三白眼。白いTシャツにジーンズ、革のサンダル、アクセサリーは腰からぶらさげたドリームキャッチャーのみ。シンプルすぎてなんの主張もないファッションなのに、なんでかやたら洗練されて見える。

またた。また見てる。

ヒトリの肩越しに、ちらちらこちらをうかがってる若い女と目があった。あたしはその女に目を据えたまま、女からもよく見えるようにヒトリのTシャツの袖《そで》をちょんとつまんだ。さっさと歩いていってしまう彼氏をやっとつかまえて、責めるような甘えるような上目遣いで見あげ、うんと唇をとがらせる――ってふうを装ったら、女はすぐにつまんなそうな顔になって目をそらした。

やっぱりそうだ。さっきからやたら視線を感じるとは思ってたけど、気のせいじゃなかった。町ゆく人みんな――特に女が、ねっとりした熱い視線をヒトリに送っているのだった。

「自分のがよっぽど注目集めてると思うんだけど。これから誘拐犯になるって人が」

「そう?」

いやみっぽく言ってやったのに、ヒトリは余裕な顔して鼻を鳴らすだけだった。

信号が変わり、澱《よど》んでいた人の流れが動き出す。あたしは無意識のうちに、ヒトリのTシャツをつまんでいた指に力をこめた。離さないよう、つんのめってねじれるみたいな、不自然な体勢になりながら信号をわたる。先を行くヒトリはやはりすいすいと水が流れるみたいにだれにもぶつからず進んでいくのに、同じ軌道を歩いているはずのあたしはどうもうまくいかない。

マークシティの脇《わき》を通りすぎ、あたしたちは細い路地に入った。目抜き通りをちょっと中に入っただけで、たちまち無人の町にまぎれこんでしまったみたいにひっそりしている。人通りはほとんどなく、ひしめくように並んだ雑居ビルも、中にだれもいないみたいに不気味に静まりかえっていた。

急に不安になって、あたしはヒトリから手を離した。いつでも逃げられるように、じゅうぶんな距離をとっておく。

「ナミちゃんはー、いくつなのー？」

あたしの緊張を知ってか知らずか、ふりかえりもせずにヒトリが訊《き》く。

「十九」とあたしは即答した。

答えてから、さすがに五歳もサバ読むのは無理があったかな、と思ったけど、ふうん、とヒトリは言うだけで、怪しんでるふうでもなかった。たぶんどうでもいいんだと思う。

「そっち、は？」

ちょっと気になったから訊いてみると、

「いくつに見えるぅ？」

とか、うざいことを言い出した。

あたしぐらいの年代からすると、大人は大人、別の世界の住人ってかんじで、こまかい年齢なんかあんまり気にしない。若いのとけっこういってるのと老人。その三種類。けど、ヒトリに関していうと、正直よくわからなかった。まだ十代といわれればそんなような気もするし、二十代後半といわれても、ああそうか、ってかんじ。大人のような、子どものような、そのどっちでもないような。「男はいくつになってもガキよ」といつだったかママが言ってたけど、つまりそういうことなんだろうか。

「うーん、二十五歳？」

つまんない答えだと自分でも思ったけど、こんなところで冒険する必要なんてないし、冒険ならもうしてる。

「んー、惜しい。ざんねーん」

そこで目的地に到着してしまったから、正解は教えてもらえなかった。

坂の途中、いまにも崩れそうに傾《かし》いで見える古いビルの前で立ち止まると、

「ネバーランドへようこそ」

そう言ってヒトリは地下へと続く鉄の扉を開いた。


階段を降りていくと最初にバーカウンターが見えた。カウンター奥の「CLUB NEVERLAND」というピンクのネオンサインにだけ灯《あか》りがともっていて、あとは真っ暗だ。壁や床に根深くしみついた煙草《たばこ》とアルコールのこもったにおいがする。ひんやり粘ついた空気がまとわりついて、汗で濡《ぬ》れた肌を急速に冷やしていく。足を踏み

入れたとたん、首筋からつま先までをさっとなめるように流れていったこまかな振動は、そのせいだと思うことにした。

「なんか飲む？」

カウンターをくぐり、冷蔵庫を開けながらヒトリが訊いた。冷蔵庫の青白い光が闇《やみ》に細長く伸びる。「飲む」と答えた声がかすかに震えた気がして、ごまかすようにあたしは大ざっぱな動作でカウンター椅子《いす》に腰かけた。あんまり椅子が高いから、床に足がつかなくて、こころもとない。

「なに飲む？」

オレンジジュース、と口にしかけて、急いで呑《の》み込んだ。ひどくこの場にふさわしくないオーダーな気がした。かといって、この場にふさわしいオーダーがどんなかなんて見当もつかないんだけど。

「なんでもいい」

男の袖をつまんだり、なにか飲むかと訊かれてなんでもいいと答えたり、今日のあたしときたらまるきり脳みそつるつるのばか女みたいだ。ださすぎ。理亜無に話したらさぞウケるだろう。【スイーツ／(^o^)＼】とかいって。

「はい、どうぞ」

「ありがと」

目の前に置かれた透明の瓶には王冠のラベルが貼《は》ってあった。中身はたぶんビールだろう。カットされたライムが口に突っ込まれている。しぼるのか、齧《かじ》るのか、それともそのまま口をつけて飲んじゃえばいいのか、どうしていいのかわからなくて、宙に浮いた足をむやみにぶらぶらさせていると、ヒトリが自分のライムを瓶の中に落としたので、あっと声をあげてしまった。

「なに？」

「なんでもない」

あたしは彼がしたように、親指でライムを瓶の中に押し込んだ。

「かんぱーい」

瓶をかちあわせ、やっと金色の液体を喉《のど》に流し込んだ。

ずうっと昔、パパがふざけてあたしに飲ませたビールの味を思い出した。あのときのビールはぬるくて炭酸も抜けきっていたけれど、こっちはよく冷えていて、しゅわしゅわしてきもちよかった。もう酔いがまわってきたのか、かあっと顔がほてるかんじがする。あのパパとママの娘だからあたしはアルコールに強いはず。大丈夫、これくらいでへろへろになったりしない——でもなんで、やだな、さっきからずっと震えが止まらない。

　ようやく暗闇に目が慣れてきて、あたしは店内を見まわした。剝《む》き出しのコンクリート壁にはフライヤーやステッカーがべたべた貼られていて、フロアには安手のテーブルと椅子が雑なかんじに並べられている。奥まった場所にステージらしき段差があり、天井からぶらさげられたライトや高く積みあげられたスピーカー、手前にはＤＪブースも見える。

「ここって何屋？」

「何屋って……」

　ヒトリがくすくす笑った。ほんとにわからなくて訊いたのに、なにかおかしなことを言ってしまったんだろうか。

「そうだな、飲み屋でいいんじゃない」

　そう言って、あっというまにビールを飲みほすと、また同じ瓶を開けた。今度はライムも入れずにそのまま口をつける。

「当分ライブスケジュールも入ってないし、店番はおれがまかされてるから、このまま ここで君を監禁することもできるよ」

　ピンクのネオンが、ねっとりヒトリの顔を照らしていた。アルコールがきれいに体中をめぐったのか、ぴたりと震えが止まった。眠たいような、海の中にいるような、ものうい膜が皮膚のようにあたしを覆っている。アルコールって便利だな。現実感が遠のいてなんでもできそうな気がしてくる。

瓶の残りを飲みほして、あたしはおかわりをねだった。

「びびらせようと思ってんなら無駄だから。つまり、もう誘拐は完了したってこと?」

「次は脅迫状を送らないとね」

もう一度、あたしたちは瓶と瓶をかちあわせて乾杯をした。

「mihokoって知ってる?」と訊いたら、「知らない」とヒトリは即答した。

ヒトリがどこからか調達してきた古いハイエース——「キザイシャ」と言っていた——に乗って、あたしたちは東京タワーを目指している。行ったことがないと言ったら、じゃあ、東京タワーから脅迫状を送ろうとヒトリが提案したのだ。なにが「じゃあ」なのかよくわかんなかったけど、あたしは人質なんだった。ここは言いなりになっておくしかない。

渋滞に引っかかり、車はたらたらとしか進まない。静けさが気詰まりでカーステレオのボタンを押したら、ハードコアっていうんだろうか、いかにも理亜無が好きそうな音楽が大音量で流れ出した。陽射しはかなりやわらいでいたけれど、車が古いせいかエアコンのききが悪くて、体中からたらたら汗が流れ落ちた。助手席の窓を開けると、もったりした熱気が排気ガスといっしょに流れ込んでくる。カーステレオから漏れるドゥッ、ドゥッ、という振動に、不快そうな顔して通行人がふりかえり、あたしは焦って顔を伏せた。

なるべく人に顔を見られないように、とヒトリが言うから、あたしはパナマ帽を深くかぶり、グローブボックスに突っ込まれていた赤いハート形のサングラスをかけていた。こんなの逆に目立つと思うんだけど、いいじゃんいいじゃん、とてきとうなことをヒトリは言って、気にする様子もない。

「嘘。mihoko知らない？　けっこうな有名人だと思ってたのに意外と知られてないんだ。最近じゃ、テレビにもよく出てんのに」

「なにやってる人なの？」

「その質問がいちばん困る」

mihokoはあたしのママで、銀座にサロンを出し、ベストセラーを何冊も出している有名人だ。けど、ママの職業がなんであるのか、あたしにはよくわからない。たぶん、ママ本人もわかってないんじゃないかと思う。

ネイチャービューティーアーティストとか、スピリチュアルカウンセラーとか、ライフスタイルクリエイターとか、ヒーリングセラピストとか、ママの肩書きは無数にあって、そのどれもがまがいものみたいなのばかりだった。

最初はただの占星術師だった。趣味に毛のはえたようなかんじで、ほそぼそと知人や近所の人たちを占っていたのがなんかのはずみで評判になり、女性誌で連載を持つようになったあたりから様子が変わってきた。ママの占いはよく当たるだけでなく、海の波動を、大地の鼓動を、宇宙のひろがりを、生命のきらめきを、感じさせるのだそうだ。ママを特集したドキュメンタリー番組で、そんなふうなことをナレーターが語っていた。

「星を見ることはだれにでもできます。問題なのは、なにを伝えるか、ということではなく、どう伝えるか、ではないかと思うんです。地球が——生命が、この宇宙が誕生してから、脈々と受け継がれてきた意志のようなもの——愛と言い換えてもいいかもしれませんね——を、日常生活の中でふいに感じることがわたしはあります。それはなにもわたしだけに授けられた特殊能力というわけではなくて、だれにも等しくそなわった感応力なのです。現代社会においてはさまざまなノイズがじゃまをして見えにくくなっていますが、エナジーはそこらじゅうに漂っています。どうかもっと自由に、もっと積極的に宇宙からのメッセージを感じてください。それはいまよりほんのすこしあなたを幸福にするはずです。あなたにも感じる力があるのだと、すこしでも多くの人に伝えていきたい……」

真剣な表情で語るmihokoをテレビで見て、あたしは声をあげて笑ってしまった。だってあたしには、mihokoの言っていることがひとつも理解できなかったから。だめだよママ、そんなんじゃ。どう伝えるかとかじゃなくて、だれに伝えるかでしょ？だめだめそれじゃ、ぜんぜん届かない。届きっこない。

そんなふうにあたしは思うのに、世の中にはママのファンだという人がたくさんいて、きれいな風景写真と、ポエムのようなエッセイのような、よく言えば前衛的、悪く言えば意味不明なママの文章を載せた本が何万部も売れていたりするし、銀座のサロンは三ヶ月先まで予約でいっぱいだという（そのサロンでなにがなされているのかについても、あたしにはよくわからない）。それであたしは、おかしいのはママや世の中じゃなくて、あたしのほうなんじゃないかって気がしてくる。それはますます、あたしの孤独に拍車をかける。

だけど、理亜無が笑ってくれたからほっとした。【mihokoってあのデムパ女でそ?】【ちょwガチ娘とかwまじうけるんですけどwww】という文字がぱっとモニターに映った瞬間、泣きそうになるくらいあたしは安心したんだった。ママの言葉がわからないのはあたしだけじゃないんだって。気を使ってるのかなんなのか、リア友にはママのことを悪く言う子はひとりもいなかったから。

「最近じゃ朝から晩まであちこち飛びまわってて、家にいることなんてめったにないよ。最後にまともに顔見たのもいつだろってかんじ。あたしが家にいないことも、こっちからわざわざ知らせてやらなきゃ気づかないんじゃないかな。だから、ただの家出じゃだめなんだ。それだとどうしてもインパクト薄くなるから誘拐ぐらいでないと」

脚本を読みあげるようにぺらぺらとあたしはしゃべった。立て続けに二本飲んだコロナ（と教えてもらった）がきいてるのかもしれない。

夜中にモニターの前で、理亜無にうちあけ話をしたときもこんなかんじだった。不用意で、なんだかやけっぱちな気分で、けれどだれかの袖を指先でじっとつまみたいような。こんなことを言ったら引かれちゃうだろうか、重いと思われないだろうか、なんていちいち気にしなくてもよかった。自分の感情だけでよかった。リアルじゃないから。気軽で薄いあたしたちのつながり。いつでも指先ひとつでかんたんに断ち切ってしまえる細い糸。しがらみがないぶんコアに近づけるなんておかしなかんじがするけど、でもそう、隔たりがあるからこそ、あたしたちは安心して近づけるんだ。さみしい子、かわいそうな子だと憐《あわ》れまれるのはかんべんだし、わかったようなことを言われて寄り添われるのはもっといや。そんなの吐きそう。無責任に【デムパ女】と笑い飛ばしてくれたほうがずっといい。

「そんじゃ、うんと身代金ふんだくってやろうぜ」

黙ってあたしの話を聞いていたヒトリが、やっと口を開いた。無責任に、ただおもしろがってるだけみたいな顔して。

もうちょっとで抱きつくとこだったけど、運転中だからがまんしといた。

東京タワーの駐車場に車を停《と》め、あたしたちはハイエースの後部座席に移動した。ノートパソコンを開き、mihokoについて情報収集しているヒトリの隣であたしは携帯を開く。メールが一件入ってたけど、ママからではなかった。こちらからメールをすれば返事はくるけど、ママのほうからメールしてくることなんてめったにない。

【娘は預かった。返して欲しければ身代金三千万円を用意すること。警察に連絡したら娘の命はないと思え。取引に応じる気があるならmihoko公式ブログに赤い花を咲

かせろ。取引方法については追ってこちらから連絡する】

ヒトリの言うとおりにあたしは携帯メールを打ち込んだ。宛先《あてさき》はママの携帯のアドレスだ。身代金ふんだくってやろうとか言ってたわりに三千万なんてしょぼ、と漏らしたら、お嬢様だなあ、と言ってヒトリは笑った。

「これでもふっかけたほうだよ。mihokoが短時間でかき集められる額としたら、こんくらいがギリだろ」

いまいちぴんとこなかった。あたしからしたら、ママはある日突然お金が湧《わ》き出る泉を発見したみたいなかんじだったから。無尽蔵にいくらでも湧き出てくるものなんだと思ってた。ほったらかしにしている罪悪感からか、パソコンも携帯も洋服もねだればなんでも買ってもらえたし、毎月ありあまるほどのお小遣いももらっていた。

あたしはお金に対する実感を完全に失っていた。たぶんママもそうなんじゃないかと思う。ママのお金の使い方ときたら、そりゃもう、いかにもってかんじで、すごく下品だったから。

それまで住んでいた海辺のボロ家から都心の高層マンションに引っ越して、むやみやたらに高級ブランド品を買いあさるようになって、冷蔵庫には輸入物のオーガニック食品や調味料がみっちり詰まってて、いつでもどこでもやたらめったらシャンパンを開けたがった。まるでそうするしかお金の使いみちがないみたいに。

「どうしてわざわざブログから返事をさせるの？」

ノートパソコンにはmihoko公式ブログが映し出されている。青い空と白い砂浜をバックに、いろんな種類の貝殻で縁取られたブログのデザインはmihokoだけのオリジナルだ。

ママが利用しているブログサイトに赤いハイビスカスを使ったテンプレートがあるのを見つけて、「これを目印にしよう」とヒトリが提案した意味が、最初あたしはわからなかった。芸能人や有名人はたいてい専用のオリジナルデザインを使っているけれど、一般ユーザーはブログサイトが用意したテンプレートの中から自分好みのデザインを選んで使うことが多いんだそうだ。つまり脅迫メールの【赤い花を咲かせろ】は、ブログデザインをハイビスカスのテンプレートに変えろ、という意味になる。

「そんなまどろっこしいことしなくても、携帯で直接連絡とればいいのに」

「その携帯は最初のメールを送るのにしか使わない。GPSで追跡されたら一発アウトだから」

「だったら、なんで最初だけあたしの携帯を使うの？」

「君の携帯だからだよ。君がこちらの手の中にあるっていうなによりの証明になる。

「それ、貸して」

　そう言ってヒトリはあたしの手から携帯を奪い取った。あっ、と思ったけど、下手なことをして怪しまれてもいけないので抵抗しなかった。

　あたしは改めて、モニターの白い光に照らされた鋭利な横顔を見た。へらへら笑ってるだけかと思ったら、この短時間のあいだにそこまで考えていたのか。理亜無から聞いた話のほとんどが眉唾《まゆつば》だと思ってたけど、だんだんわからなくなってきた――いや、もうこの時点でほとんどあたしは確信してた。こいつはやばい。相当やばい。どこまでも軽い調子で、いたずらでも仕掛けるみたいに――なんの躊躇《ちゅうちょ》もなく犯罪に手を染める。そういうやつだ、こいつは。

　ノートパソコンを閉じて、ヒトリがこちらに手を伸ばした。思わず身を竦《すく》めたら、ふ、と笑う息が膝《ひざ》から太腿《ふともも》にかけて滑り落ちた。

「びびらないんじゃ、なかったっけ？」

「びびってなんかない」

「そう？」

　証拠写真もつけとかないと、と言ってヒトリはあたしの脚をぐるぐる紐《ひも》で縛りつけた。わざわざここまでする必要あるの、と訊いたら、さあ、どうだろ、と笑いを含んだ声が返ってきた。

「単に縛りたいだけだったりして。どうする？　おれがそういう趣味だったら」

目をすがめ、下から覗《のぞ》き込むみたいにあたしを見る。

悪趣味だと思った。縛るのが、ってことじゃなくて、そういうこと言ってあたしの反応をおもしろがるのが。

足首やふくらはぎや内腿、ヒトリの指や息が触れるたび、ぞくっとするような妙なかんじがあった。このままほんとに拘束されてしまうんじゃないかという危惧《きぐ》もあったけど、すぐにそれどころじゃなくなった。胸のあいだを汗がつたっていく、その感触だけで声をあげそうになった。息が荒くなり、心臓は破けそうだった。エンジンを切ってるから、車の中は熱がこもって暑くなっていた。そのせいだと思った。汗で濡れた額に、ヒトリの前髪がぺたりと張りつく。じゃまくさそうにかきあげたとき、澱んでいた車内に風がおきて、右眉の上にちいさな傷が見えた。見てはいけないものを見てしまった気がして、あたしはとっさに目を伏せた。

「ちょっと、こう、震えてみせてよ、玉子豆腐みたいに」

顔がよく見えるようにと帽子とサングラスを取られ、かわりに口にガムテープを貼られた。両手は背後にまわして、縛られてるっぽく見えるようにクロスする。携帯カメラのレンズを見あげ、あたしはぷるんと頭を左右に振ってみた。

「だめだめ、わざとらしすぎ。こんにゃくゼリーだよ、それじゃ」

豆腐とかゼリーとか、意味がわからない。だいたい写真に震えなんて写らないのに。そう思ったけど口を塞《ふさ》がれてるから反論もできなくて、律儀にあたしは震えるつづける。

「せいぜいジーマミー豆腐ってかんじだな。でも、まあいっか、いちおう豆腐だし。玉子豆腐の情感には遠く及ばないけど」

やっとOKが出て解放されたときには、あたしもヒトリも汗だくになっていた。ガムテープを剝《は》がすのが泣くほど痛くて、あたしは自由になった両脚をばたばたさせて、腹いせにヒトリの背中を蹴った。いてて、いてて、とヒトリが笑う。振動が足の裏を伝わって猛スピードで這《は》いあがってくる。耐え切れず、ちいさく身震いした。そのときあたしは、たぶんだけど、玉子豆腐だった。

せっかくここまできたんだからと、展望台にのぼることにした。

「人がいっぱいいるだろうに、いいの？」と訊いたら、「これしてれば大丈夫」といったん外したサングラスをあたしの鼻に載せてくれた。ついでにパナマ帽もかぶせてくれて、頭のてっぺんをぽん、ぽん、と二回、いつもパパがしてくれたみたいに、した。

展望台は混雑していたけれど、冷房がきいていて、車の中よりよっぽど快適だった。窓際にスペースを確保し、あたしたちはぴったり体を寄せあってしばらく眼下の景色を眺めた。建ちならぶ高層ビルの先に、夕焼けに染まりはじめた東京湾が見えた。まだ明るい空をくりぬくように白い月が出ている。

「いいよな、東京タワー。おれすっげえ好きで、実は。暇さえあればきてんだ、ここ」

ときどきヒトリは、片言みたいにぎこちないしゃべりかたになる。そういうときこそ、ほんとうのことを話しているというかんじがした。嘘《うそ》やでたらめを口にするときだけ滑らかに舌が動き、ほんとうの、いちばんしんからの言葉を言おうとすると、凍ってしまう。そういう呪《のろ》いをかけられたみたいに。

「よくわかんない。はじめてだから」

「意味わかんねえ。ほんとに？　ほんとにはじめて？　おれ修学旅行できたよ、中学んとき。東京ドームもディズニーランドも皇居も行った」

「どこも行ったことない」

「マジでえ？」

たいして驚いてもないのに、反射で飛び出してきたような「マジでえ？」だった。ヒトリが発する言葉のほとんどがそうだ。気がないのがまるわかり。

それよりもあたしは、ヒトリにも中学んときがあったんだ、ということを意外に思った。あたりまえのことだけど、でもなんだかヒトリはそういうの、そういう時期、ぜんぶすっ飛ばして在《あ》るかんじがしたから。それは、パパやママが、パパやママになる前の姿を想像できないかんじにちょっと似てる。意図的に見ないふりをしてる、みんなで示し合わせたように見えなくしている、そういうかんじ。おかしな話だけど、あたしから見たらmihokoのほうがママよりよっぽど生身の女なのだ。

「こうやって上から見おろしてるときもちわるくなんない？」

耳元で囁《ささや》かれ、あたしはくらくらする。高いからなのか近いからなのかそれとも暑いからなのか、あたしにはわからない。

「それは、こわいってこと？」

「うーん、こわいって言うか……まあ、こわいとも言えるけど」

地上の景色に目を落としたまま、ヒトリはなにかを探るようにこめかみに指をあてた。

「ビルとか家とか、みちみちっと建ってるじゃん。こっから見るとミニチュアみたいに見えるのに、あのひとつひとつに会ったこともない、たぶんこの先ずっと会うこともない、そういう人間がいっぱいいて、働いたり生活したりしてるって考えると、吐きそうになる」

　気が遠くなりそうで、あたしは外の景色から顔をあげた。

　三百六十度ガラスに切り取られた展望台は、はちみつ色のとろりとした光に染まっている。その中を、家族連れやカップル、団体ツアーのグループが行きかっている。年代も、住んでいるところも、職業も、それぞれが抱えている事情も、それぞれがしがみつくように大事にしているものも、おそらくみんなばらばらで、共通点といったらいまこの場所にいることだけだ。夏休みのまっただなか、黄昏時《たそがれどき》の東京タワー。

　それを、あたしはとても不思議だと思うけれど、きもちわるいとまでは思わない。ちょっとこわいかんじはあるけど。途方もなさすぎて。

「だったらなんで便利屋なんてしてるの」

「え？」

「その理屈で言ったら、いまあたしとここでこうしてるだけできもちわるいんじゃないの、ほんとは。だってそういうことでしょ？　見知らぬだれかの内臓を覗き込むような、そういう仕事なんじゃないの、ガキを相手にした便利屋なんて」

展望台にのぼってはじめて——ちがう、ハチ公前で顔を合わせてからはじめて、ヒトリがまともにあたしを見た。

「東京タワーが好きって言うのも、矛盾してる。きもちわるいならやめればいいのに、どうしてわざわざ見にくるの？」

驚いた顔であたしを見ていたヒトリは、ほんとだ、とかすれた声で言った。それからすぐに、凍りついた舌を溶かすため軽薄に笑って、

「なんだかんだ言って、結局好きなんだろうな、人間が」

どっかで聞いたような、とってつけたようなことを言った。

つめたい月みたいだと思った。すぐそこに見えるのに、永遠に届かない。つながれない。嘘やでたらめで飾って、こちらから触れるのも、汲《ぐ》み取られるのも拒んでる。

そのとき、ふいに突きあげてきた感情に、あたしは自分で驚いた。まだ名前も知らない、新しい感情。かんたんに名前をつけてしまうこともできたけれど、いっしょに絶望的な気分が襲ってきて思いとどまった。

「そろそろ行こう」

あたしはヒトリの腕を引っぱった。乱暴なぐらいの力で。

「待って、その前に」

ヒトリがジーンズの後ろポケットからあたしの携帯を取り出した。その拍子に、ぶらりぶらぶらとドリームキャッチャーが揺れる。「脅迫状を送らないと」

あたしは彼の腕にしがみついたまま、その指が送信ボタンを押すのを見ていた。インベーダーゲームの爆弾ボタンを押すみたいに、気軽でいいかげんな動作だった。

携帯の電源を切り、すぐにその場を離れることにした。ママから返信がくるのは、いつもたいてい一時間も二時間も遅れてだから、そのあいだになるべく東京タワーから遠ざかっておきたいということだった。

「どこに行く？　東京ドーム？　ディズニーランド？　それとも皇居？」

ハイエースは一号線を走っている。片手で運転しながら、ヒトリはフロントガラスとダッシュボードのあいだに挟まれていたＣＤから一枚を選んで、カーステレオにセットした。四つ打ちのパンクロックがスピーカーから流れ出す。

「どこでもいい」

音楽に負けないぐらいの声量で言って窓の外を見る。夜のはじまりの、薄青い空気が通りをみたしている。車は道を折れ、するすると滑るように首都高に入っていった。

「身代金の受け渡しって、高速がお約束だよな」

「そうなの？」

「うん。列車か高速道路の上から金を投げさせるパターンが多い。フィクションでも、実際の事件でも」

宵の口の首都高は渋滞していた。数珠《じゅず》つなぎになった赤いテールランプを眺めているうちにひらめきが降りてきて、あ、そうか、とあたしはつぶやく。

「こんな渋滞してるところから、下の道に金落とせとか言われても、追いかけようがないんだ」

「そう。それに、直前まで場所を指定しなければ警察も待機しようがないだろ」

獲物を見つけた獣のように舌なめずりして、ヒトリが笑った。薄闇の中で両目がぎらぎら光を放ち、濡れた唇が赤く光っている。

「ずっと考えてたんだ。結局みんなそこに行き着くぐらいだから、やっぱり高速使うしかなさそうだなって」

あたしはぽかんと口を開けてヒトリを見た。なんだよ、とヒトリが片眉をつりあげる。なにも言えなくてあたしは口をつぐむ――言えるわけがなかった。まさか本気なの？　本気で身代金を手に入れようとしてるの？　だってこれは狂言なんだよ？

「ねえ、もしもだけど、ママが警察に連絡を入れてたらどうするの？　指名手配とかされちゃったら？」

自分でもぎょっとするぐらいしわがれた声が出た。

「そうだなあ、東京も飽きてきたし、ちょうどいいからバンコクにでも逃げよっかな」

どこまで本気で言ってるのかわからないような軽い調子だった。「そのためにも金がいる。ナミちゃんのお小遣いで高飛び費用をまかなえるとは思えないし、やっぱり身代金の受け渡しは失敗できないな」

最後のほうは、ほとんど自分に確かめるみたいにつぶやいていた。ハンドルにもたれかかるようにして指先で顎《あご》を撫《な》ぜながら、どこか遠くを見ている。陽が落ちても車の中はあいかわらず蒸し暑く、なのにどうしてだろう、ぞくぞくする。

こいつはやばい。

そんなの最初からわかってた。ずっとレッドサインが点滅してた。なのに、あっというまに魔法にかけられて、ネバーランドに引きずり込まれていた――ちがう、あたしがみずからやってきたのだ。ヒトリといると、日焼けした皮膚をめくるみたいにぼろぼろ現実感が剝がれ落ちていって、自分が立っている場所があやふやになる。【ナミ】というハンドルネームでネットの中をぷかぷか漂っている感覚に、それはよく似ていた。ここは気楽で快適な、なんの責任もない子どもの国。あたしはあたしじゃなく、十九歳の【ナミ】という女の子。【ナミ】がいなくなったところでだれも悲しまないし傷つかない。うすっぺらなかかわりしかない世界。

それもいいかもしれない、とあたしは思いはじめていた。身代金を受け取り、ヒトリと二人でタイに逃げる。気が遠くなりそうなほど魅力的な計画だ。ヒトリはバンコクと言ったけど、できれば海辺の鄙《ひな》びた町がいい。浜辺に寝そべって、南国の甘い果実の汁で体をべとべとにして、波の音に意識をゆだねて溶けそうになるまで眠る……。

空想を打ち消すように、四つ打ちのリズムがあたしの鼓動に重なった。それだけが、いまこの場所でのリアルだった。

芝浦JCTをすぎ、車はレインボーブリッジにさしかかった。夜に溶けて、境が曖《あい》昧《まい》になった海がフロントガラスの向こうに広がっている。ずっと先まで点々と続く街灯がにじんだように見え、やがて線になる。窓を開けると、頭の上をかすめるように風が通って、なつかしい潮のにおいがした。

「そろそろかな」

レインボーブリッジを渡り、高速を降りてしばらく走ったところに車を停めて、ヒトリがパソコンを開いた。mihokoの公式ブログにアクセスする。グーグルのトップからぱっと画面が切り替わり、モニターいっぱいに赤い花が咲く。

「なんだこれ」

ヒトリが眉をひそめた。

助手席から身を乗り出すようにパソコンを覗き込んだあたしは、目に飛び込んできた文字列にもうすこしで声をあげそうになった。

【七海へ

ごめんね　　早く帰ってきて　】

七海《ななみ》という名前はパパがつけた。

あたしたちのパパ――という言い方は正しくないかもしれないけど、パパはあたしとママ二人のものなので、「あたしたちの」になる――は、ちょっと、いやかなり困った人で、あたしとママをほったらかしにして、年がら年中、世界中の海を渡り歩いているプロサーファーだ。プロとはいってもサーファーの収入なんて知れていて、稼ぎのほとんどはビール代と旅の費用で消えてしまうし、年に何度か、やっと日本に帰ってきたかと思ったら、今度は日本中の海をあちこち飛びまわって家にいることはほとんどなかった。

「またパパが波にさらわれちゃったね」

パパが姿を消すたび、あたしとママはそんなふうに冗談めかして笑うことにしてた。理亜無の言葉を借りるなら【mihokoが覚醒《かくせい》するまで】、ママは海辺でちいさなカフェ兼雑貨屋をやっていた。カフェといっても近所の人たちを相手にした喫茶店に毛のはえたようなもので、メニューといえば気まぐれサンドと気まぐれパスタと気まぐれデザート、定休日も営業時間も気まぐれで、気まぐれに無料占いもしていた（パパはちょっと度が過ぎてるけど、ママも相当だとあたしは思う。海の近くで暮らしていると、人はどんどん大らかに気まぐれになってしまうものらしい）。雑貨コーナーには、流木や貝殻を組み合わせて作った写真立てや小物入れ、パパが気まぐれに送ってくるハワイアンヴィンテージ生地を使ってママが気まぐれに縫ったアロハシャツやムームー、環境音楽のＣＤや写真集なんかを並べてあったけれど、売れ行きはかんばしくなかった。

あのころは、ほんとに、笑っちゃうぐらいお金がなかった。それでもあたしたちはなんとかやっていた。美容院に行くお金もなくて、月に一度、あたしたちはおたがいの髪をカットしあった（といってもあたしはおもに白髪伐採専門で、ママはお尻に届くぐらい髪を長く伸ばしていた）。服といえばママがいいかげんに縫った簡単服しかなくて、携帯もパソコンもなかったけど、朝目覚めても夜眠るときもママがいた。それから波の音。

近くに海があったから、あのころはなんとかなってたんだと思う。パパのいる海とつながってると思えばパパの不在も耐えられたし、海の近くにいれば大らかで気まぐれでいられた。

あたしの記憶にある風景――『ファンタジア』のような、あの魔法仕掛けのサーファーの話をすると、ママは目を丸くして驚いた。どうして七海が知っているの、まだ生まれてもいなかったのに、と。今度はあたしが驚く番だ。嘘でしょ、あれがあたし自身の記憶じゃないなんて。だってあたしは、体の隙間《すきま》という隙間にざらざら砂が入り込む感触まではっきりおぼえてるんだから。奥歯を嚙みあわせるとじゃりじゃりいって、唾を飲み込むのに躊躇したことまで。

「もしかしたらそういうことって、あるのかもしれない。ママにとっても、おそらくパパにとっても、あの日は特別な日だった。忘れたくないって、死ぬまでおぼえていようって、あんまり強く思ったから、時間も場所も超えて七海に届いたのかもしれない」

あたしの髪を梳《す》きながら、とろけそうに甘い声でママは言った。

「魔法みたいってママも思ったわ。だめね、魔法使いに恋してしまったら。住む世界がちがうから、いっしょには暮らせない」

mihokoが【降臨】したのは、それからまもなくだ。

あたしは知ってる。エナジーとか地球の意志とか宇宙からのメッセージとか感応力だとか、mihokoが撒《ま》き散らしてきた電波な言葉の数々は、「すこしでも多くの人に」向けたものではなくて、世界でただひとり、心から愛する男に向けたものであると。まったく、ばかすぎて笑える。なんでそんなやり方しかできないのよ。なんて愚かなママ。

【早く帰ってきて】

だけどそれはあたしもおんなじだ。パパを呼び戻すために、こんなばかげた計画を企ててしまったのだから。

【帰ってきて。お願いだからここにいて。ひとりにしないで】

【みんなで海の家に帰ろう】

あたしは食い入るようにパソコンの画面を見つめていた。ガン見しすぎて目が痛くなって、びしょびしょ涙があふれてくるまで。

「七海」

すっかり興ざめしたような声で、ヒトリがあたしの名前を読みあげた。「これがほんとの名前？」

あたしはうなずいた。あたしは七海。【ナミ】じゃない。

「帰ろっか」

あたしの答えを待たずに、ヒトリが車を発進させた。


そうか、理亜無だ。

来た道を引き返し、首都高からライトアップされた東京タワーが見えたとき、頭にすっとディスクを差し込まれたようにあたしはすべてを理解した。そのときまで、いまいち状況が把握できていなかったのだ。

狂言誘拐のアイディアを思いついたのは理亜無だ。あたしがどれだけ頭をひねってもろくな解決策を思いつけずにいたのに、さらりとそんな大それた計画を思いつくなんて天才じゃないかと思った。家出ぐらいじゃパパには響かないだろうし（っていうかそもそもパパ自身が何年も家出しているようなもんだし）、電話やメールでべそをかいて真っ向からすがりつくのはクールじゃない。まったくばかげた話だけれど、クールかクールじゃないかは、あたしたちにとって死活問題なのだ。

だけど、誘拐となったら話はべつだ。我が子が誘拐されて心配しない親がどこにいる？　これ以上すばらしい方法が他にあるだろうか。

あたしが計画に乗り気だとみると、すぐに理亜無は便利屋の情報を仕入れてきてくれた。【ぶっちゃけかなりやばいと思うんだけど】と前置きして。

もし便利屋がやばいやつだった場合の安全策として、あらかじめ理亜無には携帯番号とアドレスを知らせてあった。ヒトリが危惧していたとおり、理亜無はあたしの居場所をＧＰＳで追っていたのだ。

【なぜ東京タワーｗｗｗ】

東京タワーの駐車場であたしが受け取ったメールは、理亜無からのものだった。

【一時間に一度、空メールでもいいから返信して】とあらかじめ言われていたのにもかかわらず、あたしはこのメールに返信しなかった。直後にヒトリに携帯を奪われて、返信できなかったのだ。

脅迫状を送ってすぐにヒトリに携帯の電源を切った。返信もなく、ＧＰＳで追跡もできなくなってこれはやばいと踏んだ理亜無が、おそらくここでmihokoに連絡を入れたんだろう。銀座のサロンなら公式サイトに電話番号が載っているから、ママが店にいればつかまえられる。本来ならmihokoが見も知らぬ中学生の言うことに耳を貸すわけがないけれど、同時刻にママの携帯には脅迫状が届いていた。そうして、あたしたちの浅はかな計画は大人の知るところとなる。

糸だ、と思った。あたしは糸でつながれている。世界に。

ぱっと頭に浮かんだのは、理亜無のアバターがよく着ている蜘蛛の巣マークのＴシャツだった。こちらの世界にかろうじてあたしをつなぎとめてくれていた糸。ぷつんと切れてしまわないように慎重にたぐらなくてはならない脆弱《ぜいじゃく》な糸。

「警察に通報されてたらやばいから、ここで降りて」

首都高を降りてすぐ、ヒトリは路肩に車を停めた。ここがどこなのか、土地鑑のないあたしにはわからなかったけど、すこし先に東京タワーが見えた。夜の真ん中にそびえ立つ赤い道しるべ。帰ってきた、と思った。なんにもなじみのない景色のはずなのに。

グローブボックスにサングラスを戻し、車を降りようとしたら、

「ほんとはいくつなの？」

と訊かれた。

「十四歳」

と答えたら、

「十四歳！」

ヒトリは叫んで、げらげら笑い出した。「なんでそんな嘘ついたんだよ」

「だって、十四歳なんて言ったらなめられると思ったから」

「なめないよ、そんなことで」

「嘘だあ」

と口では言ったけど、それはほんとうだという気がした。あたしが十四歳でも二十四歳でも八十四歳でも、ヒトリはたぶん、同じように接するんだろうな、と。

「じゃあね」

助手席のドアを閉めた。手を振って見送ろうと思っていたのに、その隙もあたえないほど素早く車は発進し、一本目の交差点を猛スピードで曲がっていった。

そしてあたしはあたしの現実に戻る。【ナミ】ではなく七海の、十四歳の日常に。

ママには泣かれてまいった。ごめんねごめんねとしきりにくりかえされ、あたしもごめんねごめんねとしか言えないで、ばかみたいだった。次第におかしくなってきて、どちらからともなく噴き出してしまった。あたしもママも照れ屋だから、なかなか上手にホームドラマできない。

パパからは【盆には帰るよ】というメールがきたけれど、その時点でとっくに盆はすぎていた。だったらこっちから会いに行こうとママが言い出して、急遽《きゅうきょ》カリフォルニアに飛ぶことになった。最初からこうしてればよかったのよ、どうしてもっと早くに思いつかなかったのかしらね。荷づくりしながらママは首を傾げていたけど、かんたんなことだ。ママにはお金がなく、mihokoには時間がなかった。

理亜無とはすこしだけメールのやりとりをした。【ごめんね】とか【ありがとう】とかそれまで交わしたことのないような言葉ばかり。これもかなり照れくさくてまいった。こういうときに使えるネットスラングを、まだあたしは教わってなかった。

あれきりチャットはしていない——たぶんこの先することはないだろう。わかんないけど、あたしにはもう必要がなくなってしまった。

あたしは迷っていた。おそらく理亜無もそうだと思う。これ以上近づいていいのか、それともこれきり糸を断ち切ってしまうべきなのか。近づくのはこわいし、断ち切ってしまうのは惜しい。そのあいだで揺れている。

ヒトリからはメールで請求書が送られてきた。ガキの使い程度の報酬とは聞いていたけど、実際そのとおりだった。しかも経費込み。経費の内訳は【コロナビール二本、東京タワー入場料、首都高通行料往復分】。文末に【東京タワーの入場料、中学生料金だったら五百六十円も安かったのに】とあるのを見て、セコッと思った。指定された口座に指定された金額を振り込み、アドレス帳からヒトリの名前を消去した。こちらの糸はためらいもなく断ち切れた。

それで終わりだと思ってた。


何年か経ってから渋谷の雑踏でヒトリと再会した。

あの夏の日から一ミリも変わってないような顔をして、魔法というよりほとんど暴力のように人目を引いているから、すぐにわかった。

彼はちいさな女の子を連れていた。ちいさいといっても、あの夏のあたしと同じか、それより一つ二つ下ぐらいだったんだけど、そう思ってしまったことに少なからずショックをおぼえた。

「ヒトリ」

声をかけると、ヒトリは「ん？」という顔であたしを見た。それからすこし遅れて、「よう」と言って歯を見せた。「ひさしぶりじゃん」

あからさまに笑顔が引き攣《つ》っている。こんなの「だれだおまえ？」と言ってるのと同じだ。どうせあたしのことなんて覚えてないとは思ってたけど、さすがにこれはおもしろくなかった。

それで、

「どうしたの、その子。また誘拐でもしてきた？」

つい意地悪な気持ちから言っていた。

「そう。なんでわかった？」

けれどヒトリはあたしの悪意を軽くあしらって、隣の女の子に「な？」と笑いかけた。もーひいくん、と甘く笑いながら女の子がヒトリの腕にからみつき、その瞬間、あたしは煮えるような嫉妬《しっと》をおぼえる。

「悪いけどもう行くわ。ほら、誘拐中だから。こんなとこ突っ立ってると人目についてやばいから」

引きとめるまもなくふたりの背中が雑踏に飲み込まれていく。そのとき、あたしは見た。目の前でドリームキャッチャーがゆらゆら揺れるのを。

それでほんとに、終わりだった。

ウェンディ、ウェンズデイ

水曜日。
夫と子どもたちを送り出すと、
ランチバッグにお弁当を詰めて
あの場所へ向かう。
渋谷の路地裏に存在する
ネバーランドへ――

遠くへきてしまった。

鏡を見るたび、そんなふうに思うようになった。ずいぶん遠く――ここがどこだかもよくわからないのだけど、とにかくむやみやたら遠くにきてしまったなあ、って。

そういうことをわたしが言うと、ヒトリはすこし笑って、

「まーた、作家先生は」

なんて、おちょくるように言う。

それはいつも、わたしのいいところをくすぐる。

「そういうんじゃないのよ、ただなんていうか……」

こういうとき、わたしの発する言葉にはなんの意味もない。

「なんていうかね、同じ場所に立ってたつもりだったのよ、ずっとおんなじところに。なのに気づいたら、ぜんぜんちがうところに立ってて、びっくりしちゃう――って、そういうこと、あなたにもない？」

わたしは鏡越しにヒトリを覗《のぞ》き込んだ。手のひらにすっぽりおさまるサイズのコン

パクトミラーの中、裸のままベッドに横たわるヒトリが見える。枕《まくら》に顔を埋めるようにしてくすくす笑っている。肩から腰にかけてのはっと胸を衝《つ》かれるようなラインも、欲望を喚起する引き締まったお尻《しり》も、まるきり無防備に剝《む》き出しになっていて、見せつけているみたい。

ああ、遠く、遠くへきてしまったなあ。ため息とともに再び点《とも》りかけた情欲の気配を散らす。男の裸を、こんな気持ちで眺める日がくるなんて。

「うーん、どうだろ……」

ヒトリがベッドの上をごろんと転がる。動きに合わせ、ちいさく萎《しぼ》んだ性器がぺたんとなった。

「ないな、ない」

「だと思った」

わたしは笑う。夫や子どもたちといるときとはまったく異なるトーンで。自然体かといったらおそらくちがうけれど、うんと生臭く、野性に近い。そうしているあいだにも、ヒトリの手がそろっと伸びてきて、背骨をついていてくれないかと期待してしまう。宝探しでもしているような無邪気な真剣さでもって、わたしのいいところを掘り当ててくれないかと。

「もうこんな時間、早く帰らなきゃ」

けれどわたしは、衝動に負けてもう一度ベッドに飛び込んだりはしない。口紅をひいて立ちあがる。

「大根買って帰るんでしょ」

枕から顔をあげ、からかうようにヒトリが言う。ずいぶん遠くにきてしまった気がしていたけれど、彼はさらにもっとずっと遠いところにいる気が、こういうときにする。水曜日の昼下がり、ろくに陽《ひ》も射《さ》さない古いビルの一室、あられもない姿でベッドに横たわる若い男。おあつらえむきすぎて映画にもならない。

「そうよ。大根、卵、コンニャク、買って帰る」

「今日はおでんか、いいなあ」

「うちのは関西風なの」

「関西風って、あの色うすいやつ？」

「そう、うすいやつ」

「いいね。もちきんちゃくサイコー」

「がんもどきや厚揚げもいいわよね。おだしをたっぷり吸い込んで、噛《か》むとじゅわっとあふれてくるの」

あ、いやらしい言い方になっちゃった、と思ったけれど、ヒトリは特に気にするふうでもなく、あーいいねえいいねえ食いてえと呻《うめ》いてベッドの上で手足をばたばたさせた。もう、駄々っ子みたいなんだから。わたしの胸はきゅうっと甘く締めつけられる。あふれる。

所帯じみた話なんてほんとうはしたくないのだが、どういうわけかこの手の話はヒトリに受けがいい。情事のあと、いそいそと帰りじたくをするわたしに、必ずといっていいほど夕飯の献立をたずねてくるのだった。さんまの塩焼き、大根おろしを添えて、すだちをぎゅっと搾って。ちいさな松茸《まつたけ》一本に、こまかく裂いたエリンギをいっぱい足して、なんちゃって松茸ごはん。彼を喜ばせるため、なるべく仔細《しさい》に、もったいぶって語ってやる。

「ああ、いいねえ」

うっとりと彼はつぶやく。

「しょうゆの焦げたにおいはどんな香水よりくらっとくる」

しどけない姿態をさらしながら、そんなことを言う。

洋風のしゃれたものではなく、きんぴらごぼうや揚げだし豆腐のような、伝統的な日本のおふくろ料理を彼はより好むようだった。我が家の食卓に並べたら、メインがないだとか味気ないだとかいって不評を食らうのは目に見えている、そういう料理ばかり。

水曜の朝、夫と子どもたちを送り出すと、わたしは真っ先に炊飯器にスイッチを入れ（我が家では朝食にだれも米を食べない）、雪平鍋《ゆきひらなべ》にたっぷりの湯をわかす。青菜を湯がいてごまよごしにし、昨晩のうちに仕込んでおいた根菜の炊きあわせをタッパーに詰める。だし巻き玉子を焼き、メインは鶏の唐揚げか、肉味噌《にくみそ》、肉巻き、塩豚をさっと炙《あぶ》ったものなど。ごはんが炊けるまでのあいだに着替えて化粧をすませ、それから炊きあがった熱々のごはん、ありったけ全部をおむすびにする。梅干しとじゃこ山椒《さんしょう》とおかか。ヒトリが特に好きな具を三種。ランチバッグにお弁当を詰め、電車を乗り継いでわたしはこの部屋にやってくる。渋谷の裏路地にひっそり存在するネバーランドへ。

「真知子《まちこ》さんのおにぎり、にぎりぐあいがぜつみょーすぎる」

二合分のおむすびをヒトリはぺろっと平らげてしまう。痩《や》せた体のどこにそんなにおさまるのか不安になるほど、ヒトリはよく食べよく飲んだ——といってもお酒ではなくコーラを。懸賞応募用のシールを集めているとかで、白だしでやわらかく味付けた野菜も焼き鯖《さば》と香味野菜を散らしたまぜ寿司《ずし》も、なんでもかんでもコーラで流し込んでしまうのだった。食事しながら炭酸飲料を飲むなんて子どものころ祖母の家に行ったとき以来のことで、最初のうちは慣れなかったけれど、そのうち喉元《のどもと》にわだかまった塩気や米粒がコーラで洗い流されていく感触が癖になった。

「たまにおれもにぎってみるんだけど、こんなふうにうまくできないんだよ。いったいなにがちがうんだろ？　やっぱり道具？　にぎる手がちがうから？」

すらりと美しい手がわたしの手を包み込む。

それだけでわたしは泣いてしまいそうになる。

わたしが恥じている部分、たとえば若いころとくらべるとなんだか厚ぼったくなってしまった、おむすびをにぎるのが似合いのずんぐりした手。色を失い、脆《もろ》くなって、縦筋の入った見苦しい爪《つめ》。夏場でもクリームをすりこまないといられないほどかさかさにかわいて、ヒトリの背中をなめらかに滑っていかない指先。目尻によった皺《しわ》やほうれい線、たぷんと肉が折り重なった腰まわり、どんどん醜くなっていく——おばさんに近づいている、そういう部分をこそ、ヒトリはていねいにいとおしんでくれるのだった。

もちきんちゃくのようにひたひたと水分を吸い取るきんちゃくがわたしの中にもあって、ヒトリのやり方はわたしのきんちゃくを静かにみたした。ヒトリの手がおなかの上を滑っていくたび、ひび割れた踵《かかと》にキスするたび、むくんだ指の先を齧《かじ》るたび、きんちゃくの表面がさざなみを起こす。恥ずかしくいたたまれなくて、すぐにでも振り切って逃げ出したい気持ちがする。中学生のころしていた拙《つたな》い恋の調子に、それはちょっと似ている。

「それじゃあ、また来週、水曜日に」

空になったお弁当箱を抱えて部屋を出る。これからわたしは一週間かけてゆっくり水分を失い、涸《か》れはてるのだ。次の水曜がきたら思うぞんぶん吸いつくせるように。

「ばいばーい」

ベッドに寝そべったまま、だらしなくヒトリは見送った。

はじめて波多野一人に会ったのは半年ほど前、梅雨に入ったばかりの水曜日だった。そのころわたしは、渋谷にあるカルチャーセンターのシナリオ講座に通っていた。この春に上の息子の浩樹《ひろき》が中学にあがり、下の息子の航太《こうた》も高学年になって、ようやっと手が離れたので、以前から切望していた講座に申し込むことにしたのだ。ずっと、このタイミングしかないと狙いさだめるように思っていた。遠い先に獲物を見つけ、息をひそめてじりじり時機を待つ獣のような気分で。

「シナリオ講座？　なんで？」

夕飯時に取り寄せたパンフレットを差し出すと、夫はまるきり理解できないといった顔でわたしを見た。

「なんでって、興味があるからよ。週一回、水曜日だからちょうどクラブの日だし、航太が帰ってくるまでには家に戻るようにするから。もちろん受講費は自分で出す。ねえ、いいでしょ？」

リビングのソファで携帯ゲーム機をいじっていた航太がちらっとこちらを見た。

航太の通う小学校では、高学年に上がると任意でクラブに所属できるようになる。航太は野球クラブに所属していて、月水金の週三回、授業が終わってからクラブの練習に参加するので、帰りは五時を過ぎる。中学校の剣道部に所属している浩樹の帰りはさらに遅い。シナリオ講座は午後二時からの二時間だから終わってすぐに電車に乗れば、息子たちが帰ってくるより早く戻ってこられるだろう。

両親が共働きで鍵《かぎ》っ子だった夫は、自分の子どもには寂しい思いをさせたくないと結婚する前からくりかえし語っていた。そうね、そうね、わたしもそう思う、結婚して子どもを産んでからも働きたいと言う女の人たちが最近は多いみたいだけれど、わたしにはその気持ちがちっともわからない、そんなの子どもがかわいそう。そのたびに、ほとんど身を乗り出すようにわたしは言葉をかぶせた。とにかくわたしは夫と結婚したかったのだ。

「シナリオ講座ねえ……」

パンフレットから顔をあげて夫がつぶやいた。気の抜けたビールを一口飲み、惰性で箸《はし》を動かし、冷め切った餃子《ギョーザ》を口に放り込む。

「こんな教室通ってどうするんだよ。まさか、脚本家にでもなるつもり？」

最後まで言い終える前に、脂で濡《ぬ》れた夫の唇が妙な形に歪《ゆが》んだ。なにを言わせるんだよ、こんなとこ通ったところで脚本家になんてなれるわけないだろ。そこまではっきりと口にしないのはやさしさなのか、それとも単に怠惰なだけなのか。

「そんなこと言われたってわかんないわよ、まだ書いてみたこともないんだもの。ただなんとなく、おもしろそうだなあって前から思ってて……」

「だいたいおまえ、ろくに映画なんて観《み》ないじゃん」

わたしが引こうとしないので、いよいよ夫の唇がねじれを増していく。

「なんてったっけ、ほら、おばちゃんたちが見るような韓流ドラマとか、ジャニーズが出てるようなのとか、そんなのばっかり見てるくせに」

「えへへ、まあそうなんだけど」

わたしはへらへら笑って、夫が望むとおりのすこし足りない妻のふりをした。反論しようと思えばできたが、わたしの目的はそんなところにはなかったので——ああ、そうか。やっぱり怠惰なんだ。夫もわたしも。

「習い事なら他にいくらでもあるだろ、ヨガとかアロマなんちゃらとか英会話とか。なんでわざわざ……」

「アロマなんちゃらって、アロマテラピーでしょ」

わたしが口を挟むと、夫は一瞬むっとした顔になって、

「ああ、そうそう、アロマ……ホニャピーな」

すぐにふざけるように言って笑った。

「ホニャピーって……もう、バカねえ」

調子を合わせて笑いながら、こういうときだ、とわたしは思う。こういう瞬間がわたしから潤いを奪っていく。

「なんにしても、そんな興味のないことやったって身につかないわよ。実際わたし八年もピアノ習ってたのに、いまでは一曲もまともに弾ける曲がないし。親に言われていやいややってただけだから、当然かもしれないけど」

シナリオ講座ではなく、ヨガやアロマテラピーや英会話の教室ならなんの文句も言

わずに認めてくれたんだろうか。ふとそんな疑問がわいてきたが、夫に限ってそれはないだろう。「新しいもの」にはなんにでも反感を持ち、否定せずにはいられない。そういう性分の人だから。流行に流されない、芯《しん》の通った男らしい人だと、結婚する前はそんな部分をこそ好ましく思っていたけれど、いまとなってはただただ面倒くさいばかりだ。

結局、

「じゃあ、まあ、好きにしたら」

と言わせるまでに二時間もかかってしまった。

そこまでして通いはじめたシナリオ講座は、しかし、期待していたものとはすこしちがっていた。

平日の午後からなので、生徒のほとんどが専業主婦やフリーター、定年退職後の老人など、どことなく社会から取りこぼされているような人ばかりだった。中にはいかにも芸術家ふうの若い男もいたけれど、最初の何度か見かけただけですぐに姿を見せなくなった。

講師は四十代半ばの女性で、聞いたこともないタイトルのドラマを何本か手がけたことがあるという聞いたこともない名前の脚本家だった。シノプシスという言葉（梗《こう》概、概要、粗筋。最初の授業が終わってから、家に帰って辞書で調べた）をやたら使いたがり、プ、のとき、三度に一度は口から唾《つば》を飛ばすので、前のほうの席はいつも空席だった。

「うわ、またフンシャした」

「キリフキ、キリフキ」

いつだったか、わたしの前に座った女の子たちが小突きあうようにして笑っていた。自分が笑われたわけでもないのに不穏に胸がざわついて、その日の授業はまったく頭に入ってこなかった。

講座がはじまって一ヶ月も経《た》つころには生徒たちのあいだでゆるやかな派閥ができていたけれど、わたしはどこにも属していなかった。授業が終わってから何度かお茶に誘われることがあったが、そのたびに断っていたのではじかれてしまったようだ。

もしこれが学生時代や会社に勤めていたころだったら、血眼《ちまなこ》になってどこかのグループに潜り込もうとしただろう。けれどわたしはそうしなかった。どこへ行っても同じなんだな、人が集まるところで人は派閥を作らずにいられないんだな。そんなふうに遠くから冷めた視線で眺めていられたのは、煩わしい人間関係などもうこりごりだったからだ。マンションの管理組合や保護者会など、面倒で神経をすり減らされるような人間関係から解き放たれて、ひとりきりでいられる場所をわたしは必要としていた。

それでも、急速に馴《な》れ合いはじめた人たち特有の、やたらはしゃいだなにか急《せ》いているような様子を間近に見てしまうと、胸のざわつきが止まらず落ち着かなかった。ゴム鞠《まり》が破裂したような笑い声、目玉をぎょろつかせ隣に座るだれかの顔色を必死にうかがう女たち。どこへ行っても同じだ。十代のころからずっと同じ。いつまでわたしたちは同じことをくりかえしていくんだろう。

休憩時間の教室にはいづらくて、自動販売機で紙コップのコーヒーを買い、非常階段へ向かう。吹きさらしの錆《さ》びた鉄階段に腰掛けてちびちびコーヒーを啜っていると、自分から望んだはずなのに、なんのためにここにいるのかわからなくなった。雨の日なんて最悪で、吹き込む雨に頰《ほお》を打たれながら、意地悪くねじれた夫の唇をくりかえし思い出したりしていた。

それもすべてヒトリに出会うためだったんだと、いまならわかる。

ヒトリは飛んできた。しかも、トランクス一丁で。

その日も雨が降っていて、わたしはなるべく雨に濡れないよう、非常扉にもたれるようにしてコーヒーを飲んでいた。雨音にまぎれ、どこからか男女の騒ぐ声と激しい

物音が聞こえてきて、好奇心からあたりをうかがうと、

「あっ」

隣のマンションのベランダに裸の（正確にはトランクス一丁の）男が立っていた。わたしと目が合っても、彼はまるで動じることなく、それどころかにっこり笑って手を振った。ざんざ降りだというのに物干しにはぎくりとするような赤いブラジャーが干してあり、わたしは一瞬、夢でもみているのかと錯覚した。でなかったらドラマかなにかの撮影か。だってこんなの、普通に考えてありえない。

それこそドラマなんかでよく見る場面だった。夫の留守中に若い男を連れ込み昼下がりの情事に淫《いん》する妻。そこへ突然、夫が帰宅する。あわてふためいた妻は間男をベランダに追いやり、なんとかその場を取り繕おうとする——まさにそういう状況だったのだと、あとから教えてもらった。

最初に飛んできたのは靴だった。雨に濡れてぐずぐずになったキャンバス地のスニーカー。続いてジーパン、革の財布。隣のベランダから、ぽいぽいわたし目がけてヒトリは自分の荷物を投げつけた。最後に投げたTシャツはこちらまで届かず、雨にさらわれて地上に落ちていった。わたしは驚きのあまりなにも言えないで、とにかく雨に濡らしちゃいけないと、飲みかけのコーヒーを放置し、踊り場に転がるジーパンや

財布を拾いあげた。

最後に、ヒトリが飛んできた。

隣のマンションから非常階段まで、手を伸ばしてもあとすこしで届かない、という距離だった。ただでさえ雨で滑りやすくなっているだろうに、とても見ていられなくて、わたしは胸に抱えたジーパンに顔を押しつけた。長いこと洗っていないのだろう、強烈な蒸れたにおいがして、とっさに息子たちの体操着のことを思い出した。ずいぶん長いこと洗っていない気がする。帰ったら洗濯に出すよう言わないと。

「あ、やっべ」

頭のすぐ上で声がして、わたしはおそるおそる顔をあげた。非常階段の手すりを乗り越え、踊り場に降り立ったヒトリが、髪の先から雨粒を垂らしながらトランクスの中に手を突っ込んでいる。

「いま、飛んだとき、びりっていったと思ったら……ほら見て、破けちゃってる」

そう言って、トランクスの股《また》のあいだから手を出し、手品師のようにひらひらさせた。

わたしはすっかり動転して、笑うどころじゃなく、

「繕ってあげましょうか」

なんて、間の抜けたことを口走っていた。

その日のうちにわたしはヒトリと寝た。

びっくりした。夫のある身で、出会ったばかりの若い男と——まさか自分がそんな大それたことをやってのけるなんて。四十年近く生きていても、まだまだ知らない自分がいる。そのことがすこし恐ろしくもあった。

「水鉄砲」

わたしを上から見下ろして、ヒトリは言った。

「え?」

「水鉄砲くらったみたいな顔してる、鳩《はと》が」

「……豆鉄砲、じゃなくて?」

口にしてからしまったと思った。ふたりとも雨でずぶ濡れだったし、わざと言い間違えたのかもしれない。洒落《しゃれ》のわからない女だと思われてしまっただろうか。もしこれが夫だったら、たちまちむずかられるところだ。

「あ、それそれ、豆鉄砲。いっつも間違えちゃうんだ。おれ、豆鉄砲なんて見たことないし」

けれどヒトリは素直に間違いを認めてけたけた笑い、わたしのもたついた腰のラインをするっと撫《な》でた。あ、としぜんに声が出て、わたしはさらにびっくりした。気持ちよくてしぜんに声が出る、なんて、はじめてのことだったから。

最初のうちはおっかなびっくり、それこそ「鳩が豆鉄砲くらった」みたいな調子でヒトリのすることを受け止めていた。罪悪感はかけらもなかった。わたしのようなどこにでもいるつまらない専業主婦が、こんな若い男の子に触れてもらってもいいんだろうか。終わってからお金を請求されたりしやしないだろうか。罪悪感のかわりに頭のほとんどを占めていた不安や戸惑いは、ヒトリが与える刺激によって次第に薄れていき、わたしはどんどんよくなって、ぬかるみにとぷんと指が入ってきただけで軽く達してしまった。

甘い息を吐きながらぎゅっと目を閉じると、瞼の裏で毒々しい赤の下着がくるくるおどっていた。いったい、あんな下着をつける女はどんな淫《みだ》らなセックスをするんだろう。この指を、どれほどの強さで締めつけるんだろう――考えると、不思議に快感が増した。わたしはつまらない主婦なんかではなく、赤い下着を身につけ、若い男をたぶらかす妖艶《ようえん》な毒婦。

それは、ちょっと癖になる味だった。ヒトリとのセックスのたび、わたしは赤い下着を身につけ、淫らに酔う。無我夢中でヒトリの唇を吸い、ヒトリの首にしがみつき、みずから腰を擦りつけ、一滴も残さず快楽を啜りあげようとする。

そうしてわたしは発見するのだ。

どこまでも広がる枯れた大地を。

知らないあいだに、なんて遠くにきてしまったんだろう――。

ヒトリの部屋は渋谷の古い雑居ビルにあった。地下がライブハウスになっていて、そこのオーナーからほとんど押しつけられるような形で留守をまかされているのだといつか話していた。長い旅にでも出ているのかとたずねたら、そうかもねと曖昧《あいまい》な答えが返ってきた。ヒトリはほとんど自分のことを語ろうとしない。たずねてみても、嘘《うそ》だかほんとだかわからないような言葉であしらわれるか、猫の首でもつかむみたいにつまみあげられて、ベッドになぎ倒される。

打ちっぱなしの壁にパイプベッドとオーディオセット。床の上には脱ぎ散らかした衣服とCDケース、スプリングの壊れた緑色のソファ。キッチンの脇《わき》に置かれた小さな冷蔵庫にはビールとコーラとマヨネーズだけ。申し訳程度のちいさな窓からは隣のビルの壁しか見えず、ほとんど陽は射さない。夏のあいだはまだよかったけれど、十一月も半ばにさしかかった現在では寒々しいばかりだ。

生活の気配のまったくしない殺伐としたこの部屋で、ヒトリはどんなふうに暮らしているんだろう。一週間に一度、水曜日の限られた時間にだけこの部屋にやってくるわたしにはわからないが、およそ暮らしといったものからかけ離れていることは容易に想像がつく。この部屋は、世界の果ての断崖《だんがい》絶壁を思わせる。

「私立探偵やチンピラが住んでいそうな部屋ね、ちょっと前のドラマに出てくるようなな。こういうところに住んでいる人は、たいてい最後には死んじゃうのよ」

冗談ではなく、本気で心配して言ったのに、

「やっべー、おれ死ぬ」

と言って彼は笑うだけだった。

子どもじみたトリッキーな言動や雰囲気に惑わされそうになるけれど、もしかしたらヒトリは、わたしが思っているほどには若くないのかもしれない。肌と肌を合わせたときのかんじが、ひそやかに、でもたしかに、伝えてくる。

ヒトリの汗は草のにおいがする。引きちぎった草の断面から滴る青く猛々《たけだけ》しい汁のにおいではなく、草の上を滑る朝露にほんのりうつる程度の淡い、あまりにあわあわとした草のにおい。汗でしっとり濡れたヒトリの肌は、水分をころころ転がす若い弾みを失ったわたしの肌に、静かに寄り添うようになじむ。

若い男の肌——中学生になったばかりの浩樹の肌は、もっととりつくしまのないかんじで、触れるとびりっとした刺激がある。なにか、反発するような感触があって、わたしの手にはなじまないのだ(それは、彼自身が反抗期の入口に立っていることとも関係があるのかもしれなかったが)。その一方で、弟の航太はまだ「男」になっていないからか、とても近しい感触がする。

「赤ちゃんみたい」

熱心にわたしの乳首に吸いつくヒトリの額に、汗で濡れた前髪がへばりついている。手のひらで拭《ぬぐ》いあげてやると、乳首を口に含んだまま目線だけこちらにくれて、

「男だよ」

子宮に響くような低い声で囁《ささや》く。

「どうしたの、これ」

右眉《まゆ》の上に三日月形の小さな傷があるのに気づいて、わたしはたずねた。指先でそっとなぞる。かなり古い傷のようだった。白っぽく浮きあがって、何針か縫った痕《あと》がある。

ヒトリはすこし笑って、答えるかわりに入ってきた。

そしたらもう、会話は続かない。

無自覚でいたころは必要ともしていなかったのに（夫とはもう何年もセックスしていない）、いったん渇きを意識してしまうと潤さないではいられなくなった。なんだか化粧水みたいだと思う。子どものころは必要もなかったのに、一度つけはじめたら死ぬまでやめられない。しっとり、とてもしっとり、でも、足りない。潤しても、足りない。もっと、もっと、もっと。

「もうこんな時間、帰らなきゃ」

だけど、時間がくればわたしはベッドを抜け出す。

体の一部に熱を残したまま電車に乗り、スーパーで買物を済ませてマンションまで戻ると、ゴミ集積所の前に人の輪ができていた。まずいタイミングで帰ってきてしまった。いまさら引き返すわけにもいかないのでそのまま近づいていくと、管理組合の役員をしている三〇二号室の小林さんに声をかけられた。

「お出かけだったの？」

よそゆきの化粧とよそゆきの服にめざとく気づいたようだ。輪を作っていた同じマンションの奥さんたちがぱらぱらとこちらに視線を投げてくる。

「そう、カルチャーセンターに」

わたしは俯《うつむ》きがちに、控えめな声で答えた。不自然に思われないよう気をつけながら空の弁当箱の入ったランチバッグを後ろにまわす。

「あら、お稽古《けいこ》?」

「なんの教室に通ってるの?」

「いいわねえ、優雅で」

無言は罪悪であるかのように、奥さんたちが口々に声をあげる。こういうとき、彼女たちの発する言葉にも意味はない。ただの反射だ。

「ううん、ちがうの、わたしが通ってるのはそんな、優雅なお稽古とかじゃなくて……」

最後まで言い終える前に、わたしに向けられていた視線がすうっと離れていくのがわかった。礼儀としてたずねてはいるけれど、最初から興味がないことはわかっていた。わたしが通っているのがシナリオ講座だろうとアロマテラピーだろうと、なんだってどうだっていいのだろう。もっとも本当に通っている場所を知ったら無関心ではいられなくなるとは思うけれど。

「ちょうどいま話してたとこだったんだけどね、またあったのよ。ほら、菊池さんとこのおばあちゃん」

尻すぼみになった会話を引き取るように、小林さんが口を開いた。

「ああ……」

わたしは曖昧にうなずいた。

菊池さんちのおばあさんはマンション内ではちょっとした有名人だ。ゴミの日になると朝早くから集積所の周辺をうろついて、住人の出したゴミを逐一チェックしていることから、陰で「ゴミばあさん」と呼んでいる人もいる。きちんと分別されていないゴミを見つけると、犯人を特定できるものはないかとゴミ袋をあさって、部屋まで突き返しに行ったり、ひどいときには貼《は》り紙をして目立つ場所に放置したりする。今朝もまた、入居したばかりの住人のゴミがエントランスに置かれていたらしい。

「そりゃあねえ、ちゃんと分別して出さないほうが悪いんだけど……」

「にしたって、なにもあんな晒《さら》しものみたいにしなくたっていいじゃない？」

「うちなんて、小学生の子どもがふたりもいるでしょう？　何度教えてもおぼえてくれないもんだから、こわくてゴミ箱から目が離せないのよ」

そこで奥さんたちはいっせいに笑い声をあげた。なんだか妙にいきいきしている。彼女たちの枯れた大地を潤す、これが恵みの雨であるかのように。

「やだ、ぜんぜん気をつけてなかった。いけないわね、気を抜いてちゃ。うちもがさつな男どもばかりだから」

調子を合わせてわたしも笑っておく。ちょっと抜けた奥さんのふりをしておけば、ここでは無害だとみなされる。

「そうよう、きけんきけん」

「こわいこわい」

「やあねえ、もう」

うふふふふ。笑い声をあげるたび、かさかさと乾いた音が体内から聞こえてくる気がした。わたしなにやってるんだろう、こんなところで。こんなことをするために生まれてきたわけじゃないのに、わたしの日常のほとんどは「こんなこと」で埋め尽くされている。

意味がない。

言葉だけじゃない。わたしのしていることには、なんの意味もないのだ。

「あ、噂《うわさ》してたら、がさつなのがひとり帰ってきたわ。それじゃまた」

どうやってこの輪から抜け出そうかと思いあぐねていたところへ、ちょうどユニフォーム姿の航太が帰ってきた。しめたとばかりにわたしは輪から抜け出し、航太に続いてエレベーターに乗り込んだ。

「どうだった、今日は？」

「どうって、なにが。べつに、ふつー」

肩からずり落ちたショルダーバッグをぶらぶらさせながらぶつぎりの言葉で答える。頬に泥が跳ねていたので拭ってやろうとしたら、「やめてよ」と乱暴にふりはらわれた。

「なによ、汚れてたから拭《ふ》いてあげようとしただけなのに」

甘えたような声で言って、わたしは肩をすくめる。「自分でできるし」と航太が袖《そで》でごしごしこするとさらに汚れが広がった。あーあ、余計汚くなってる、とわたしは笑って、バッグから取り出したハンカチで拭いてやる。今度はおとなしくしていた。

こんなぶっきらぼうな態度でも、気を使わなくていいだけ航太を相手にしているのは楽だった。つっぱった態度も子どもらしさの範疇《はんちゅう》で、いっそかわいらしいといえなくもない。

それに比べて、浩樹はなにを考えているのかわからなくて気疲れする。中学に入ってから顔を合わせる時間が急激に減って、気づいたときには知らない家の子みたいに遠い存在になっていた。家にいるときは自室にこもって鍵をかけてしまうし、ドア越しに話しかけてもろくに返事もしてくれない。ちょっとした言葉尻で火がついたように怒り出したりするので、このごろではびくびく顔色をうかがってばかりいる。悪いことにそんなわたしの態度が、さらに浩樹をいらつかせているようだ。

「男ってのはそういうもんなんだよ。おれにもあった、あった、そういう時期。あればっかりはしょうがない。大人になるための通過儀礼なんだから」

夫に相談してみても、なんの役にも立たないアドバイスをされるだけだった。なにが「大人になるための通過儀礼」よ。どっかで聞いてきたようなことばかり言って。

ヒトリにもあったんだろうか。「そういう時期」というのが。

ふと考えてみたけれど、うまく想像できなかった。

「くさい」

指先に静電気が走ったような衝撃があった。一瞬なにが起こったのかわからずぽかんとしていたら、エレベーターの扉が開いて逃げるように航太が外へ飛び出していった。

「やだ、なに、どうしたの」

「くさくて息ができないかと思った」

追いかけていくと、ふりかえりもせず喘《あえ》ぐような声で航太が訴えた。

「なに言ってるの、においなんてしないわよ」

ハンカチに顔を近づけて確かめる。柔軟剤は国内メーカーの強いにおいのしないものを使っているし、夫がいやがるのでわたしは香水すらつけない。

「ハンカチのことじゃない」

航太がふりかえった。夫によく似た一重の目が訝《いぶか》るようにわたしを見据える。

まさか、気づかれたのか。ぎくりとして、わたしは凍りついた。体の中にまだ澱《よど》んでいた気怠《けだる》い快楽の余韻が一瞬で吹き飛ばされた。ヒトリの部屋でシャワーを浴びるときは、石鹼《せっけん》やシャンプーのたぐいは使わないようにしているのに。ヒトリのほうでも気を使ってか、わたしといるときはなるべく煙草《たばこ》を吸わないようにしてくれているみたいだった。子どもだと思って油断していたけれど、子どもだからこそある種の敏感さで嗅《か》ぎ取ったのだろうか。わたしの体から発せられる、事後のにおいのようなものを。

「お母さんの服、たんすのにおいがする」

「えっ、あ、ああ、防虫剤のにおいかな」

どっと気が抜けて、その場にしゃがみこんでしまいそうになった。今朝は冷え込みが厳しくて、今年になってはじめてコートに袖を通したのだった。長い間クロゼットにしまいこんでいたからにおいがついてしまったんだろう。防虫剤のにおいのする服でヒトリに会いに行ってしまった事実に、いまさらぼっと頬が熱くなった。

エレベーターホールの窓から藍色《あいいろ》に染まりはじめた空が見えて、わたしはなんとか気を取り直し、ハンドバッグを探って鍵の束を取り出した。すっかり日が暮れてしまった。早くおだしをとっておでんのしたくをしなくちゃ。

こんなときでも夕飯のことを考えている自分がおかしかった。雲ひとつない青空を見たらお布団を干さなくちゃと思うし、日が傾きかけたら早く家に帰って夕飯のしたくをしなくちゃと思う。身にしみついた癖のようなもの。反射だ、反射。

「お母さん、今日のごはんなに？」

部屋のドアを開けていると、のんきな声で航太がたずねた。


ヒトリに出会ったあの雨の日以来、シナリオ講座には行っていなかった。半年経ったいまも、受講費だけが毎月わたしの個人口座から引き落とされている。パートに出るのは夫にも義母にも反対されていたので（「暮らしに困っているわけでもないのにみっともない」というのが主な理由）、わたしが自由に使えるのは勤めていたころに貯《た》めておいたお金だけだった。それももう残りわずかしかない。

わたしは大きなかんちがいをしていた。講座に通いさえすれば、たちどころにうつくしい言葉を自在に操り、するするとシナリオが書けるようになるのだと思い込んでいたのだ。

回を重ねていくうちに、授業は概論的なものから実践的なシナリオ作法に移行していった。二時間ドラマのシノプシスを作り、そこから詳細な設定とプロットを立て、人物に肉付けをして……講師の指導のもとシナリオを書き進め、一年間の講座が終了する頃にはそれぞれ一本のシナリオができあがっているという寸法だ。

設定やプロットを考えるまではまだなんとかなったが、いざ冒頭のシーンを書く段になってわたしは愕然《がくぜん》とした。なんにも、ほんとうに笑ってしまうぐらいなんにも言葉が出てこなかったから。

「変にひねりをきかせたり難しいことをしようと思わなくていいから、頭の中にある画《え》をそのまま素直に写し取るようにまずは書いてみてください」

講師の言葉が耳をすり抜けていく。

画なら、あった。もうずっと、あった。

けれど、それを言葉に置き換えることがどうしてもできなかった。陳腐な言葉しかわたしは持っていなかったから。間に合わせの安っぽい言葉で気安く形にしてはいけない、わたしが書こうとしていたのはそういうものだった。

「いろんなジャンルの映画やドラマを観るのも大事よ。読書もしなきゃだめね。ものを書くには、アウトプットよりインプットのほうが重要なの。インスピレーションを得れば、書きたいものが見えてくるんじゃないかしら」

どうしても書けないんです、と講師に訴えると、そんな答えを返された。アウトプット、の、プ、のときに唾が頬に飛んできたが、気取られぬようわたしは身じろぎひとつしなかった。

「ちがうんです、書きたいものはもうあるんです。はっきり見えてるんです。それを言葉にするのが難しくて……」

「あのね、シナリオでは文章に凝る必要はないの。内容がおもしろければそれでいいのよ。詩的な文章を綴《つづ》りたいのなら、小説を書けっていう話になるのでね」

「ほんとうにそうなんでしょうか。夢みたいにきれいな映画のシナリオは、うつくしい言葉で書かれているものなんじゃないんでしょうか」

最初のうちは愛想よく受け答えしていた講師もだんだん面倒になってきたのか、

「あなた、そもそもどうしてこの講座を受講しようと思ったの？　ここは書ける人がさらに上達するための技術を身につけるところなのよ。足し算のできない子に九九を教えても無駄でしょう？　悪いけど書けない人に書き方を教えている余裕はないの」

ばっさりと切り捨てるようなことを言って背を向けた。わたしは唾の飛んだ頬をハンカチでごしごし赤くなるまで拭った。

どうしてこの講座を受講しようと思ったのか、どうしてシナリオだったのか、と問われても、他の手段を知らなかったからとしか言いようがない。

最後に映画館に行ったのはまだ浩樹がおなかにいたころだ。忘れもしない、渋谷の単館系の映画館。子どもが生まれたら当分映画館なんて行けなくなるだろ、とさして映画好きでもない夫が気をきかせて連れて行ってくれたのだった。わたしもそれほど映画に詳しいわけではなかったので、情報誌を立ち読みし、当時好きだった若手俳優が出演しているからという理由で映画を選んだ。

一組の男女の出会いと別れを描いた、かなしくてうつくしい恋愛映画だった。もうすこしで涙がこぼれそうなのに、その寸前で胸がつかえてしまう。あふれさせない。そういう映画だった。上映中ずっと、きゅうきゅう胸がしめつけられ喉が引き攣《つ》れたようになって、でも泣けなくて、苦しかった。時折、隣から低く聞こえてくる夫の鼾《いびき》がさらに甘くわたしの胸をしめつけた。

あとになって、その映画の脚本家がわたしと同い年の女性で、結婚して子どもを育てながら仕事をしているのだと知った。子育てに追われ足繁く映画館に通うことはできなかったが、その脚本家が手がけた映画はＤＶＤを買ってくりかえし何度も観たし、シナリオブックやエッセイ集も熱心に読み込んだ。文章に凝る必要はないと講師は言っていたけれど、彼女が書くシナリオは映画と同じように、ときに映画をしのぐほどに、うつくしい言葉で綴られていた。

わたしも書いてみたい、こんな宝物のようなものを。そんなふうに思うのは、自然なことではないのだろうか。

映画のラストシーンで女は男に背を向け去っていく。白っぽく色の飛んだスクリーンで女は淡く笑っている。観客は一瞬わからなくなる。これは実際に起こっていることなのか、それとも男の見ている夢なのか。男の記憶の中で女は永遠になる。日常に消費されることなく、いつまでも若くうつくしいまま刻印される。

できることならそういうものに、わたしもなりたかった。

日々の暮らしの中ではすべてが消費されていく。わたしの言葉も行為も、形をなさぬまま日々の泡と消えていく。わたしがしなければ、他にだれも惜しんでくれない。夫がいて子どもがいて、とくに問題もなく不自由のない生活を送っているというのに、こんなにもわたしは渇いている。それは、罪なんだろうか。

罪だ、と講師は言っているのだと思った。身の程を知れ、おまえにはこれ以上のぞめない、与えてもやらない。やるだけ無駄だ、あきらめろ、おまえにそんな資格はない、おまえに持てる荷物じゃない。おとなしく生活に飲み込まれ、消費され尽くして死んでいけ。講師の顔がある一点を超えたところで夫や息子たちの顔にすり替わり、わたしはひっとちいさな悲鳴をあげる。なにか言いたくとも、喉をひゅうひゅう息が通っていくばかりで声が出てこない。わたしは言葉を奪われてしまった。

なんて残酷。それでもあきらめられない人間はどうしたらいい？

それ以上考えてしまうと泥沼に沈んでしまいそうだったから、意識的にわたしはストップをかけた。それでなくともわたしは感じやすいたちだから――そうしないといられなかったから。怠惰で愚鈍でなければ専業主婦などつとまらない。考えないように感じないようにつとめるしかない。

冒頭のシーンからはじまり、序盤の展開、重要な出会いのシーン、最初の山場を効果的に配置する方法。一行も書けないままでいるわたしを置き去りにして、授業はどんどん進んでいった。講師は巧妙にわたしを避けるようになり、愚痴を言い合う仲間もおらず、講座に通う意味を見失いながらも毎週水曜日になると自動的にわたしはカルチャーセンターに足を運んだ。いやみを言われながらなんとか夫を説き伏せ、やっとのことで手に入れた週に一度の自由時間を手放すわけにはいかなかった。

そんなとき、ヒトリが空から飛んできた。

救世主だと思った。呪《のろ》いの塔に閉じ込められ、どこにも行けずがんじがらめになっていたわたしを救ってくれる王子様だと。

「へー、そんじゃ、真知子さんは作家先生ってわけ」

シナリオ講座に通っているとはずみで漏らしたら、なんの屈託も感じさせない目でヒトリはわたしを見た。薄茶色の三白眼。

「いやだ、そんなんじゃやない。三十の手習いみたいなもんで……ってもう四十近いんだけど。でも先生にはけっこう褒められたりしてるの。コンクールに送ったらいいセンいくんじゃないかって」

「すげえじゃん、いまのうちにサインもらっとこうかな」

「気が早いわね、まだどうなるのかもわかんないのに。最近教室に顔を出しにくくてやめちゃおうかなって思ってたところなの。先生があんまりわたしのシナリオばかり褒めるものだから他の生徒さんたちにひがまれちゃって。いままでの授業でノウハウは摑《つか》んだから、もう教室に通わなくたって独学で書き進めていけると思うし」

ヒトリを前にすると勝手に言葉がぼろぼろあふれだしてくるみたいだった。ただのつまらない主婦だと思われたくなくて口を滑らせているうちに、どんどんほんとうのわたしから遠ざかっていく。悪いことにそれはぜんぜんいやな感触ではなく、むしろわたしを気持ちよく陶酔させるのだった。

「いま映画のシナリオを書いているの。すごくかなしい、この世のものとは思えないほどきれいな映画よ」

「へえ、どんな話なの？」

「ある男と女が出会うところからはじまるの……」

　寝物語に語って聞かせたのは、渋谷の映画館で観たあの映画のストーリーだ。DVDで何度もくりかえし観たから、自分のもののように台詞《せりふ》も構成も頭の中にしみついていた。話して聞かせているうちに感極まって、耐え切れず涙をこぼしてしまうことさえあった。するとヒトリは、そっと唇を寄せて、わたしの涙を吸い取ってくれるのだった。

　そんなことを男の子にしてもらうのははじめてだった。こんなことが、まだわたしの人生にも起こるのだ。感激に、わたしはさらにぽろぽろ涙をこぼす。十代の女の子に戻ったような気分で――少女のような鋭敏な感受性が、いまだ自分の中に存在しているのだという恍惚《こうこつ》に酔いしれながら。

どうしてこんなことになってしまったんだろう。

曇天の下、モノクロームのように色を失った街並みが窓の外を流れすぎていくのを眺めながらわたしはぼんやり考える。あわてて飛び出してきたから財布もなにも持っていない。それどころかコートも着ていなければ、つっかけ履きでエプロンもつけっぱなしだ。せめて髪だけでもととのえようと後部座席からバックミラーを覗き込んだら、タクシーの運転手と目が合った。すぐに顔を伏せ、指先でかさついた唇をなぞる。今日はまだ、口紅すらつけていなかった。

十二月に入ったばかりの薄寒い月曜の朝だった。夫と息子たちを送り出し、朝食の片づけをすませたわたしは燃えるゴミを出すため外へ出た。鉄製の柵で囲まれた集積所にゴミを捨てたところで、資源ゴミの柵の中にぽつんとひとつだけ、ゴミ袋が放り込まれているのが目に入った。

「今日は資源の日じゃないのに、困ったわねえ」

だれに聞かせるでもなくぽつんとつぶやくと、突風が吹いてひやりと胸を刺した。カーディガンの前をかきあわせて部屋に引き返そうとし、なにかが目に引っかかって立ち止まった。

透明のゴミ袋の中に大量のコーラのペットボトルが詰め込まれていた。そのほとんどに、ヒトリが集めている懸賞応募用の黄色いシールが貼られていた。ヒトリの喜ぶ顔が花火のようにぱっと脳裏に浮かび、わたしは一瞬のためらいもなく資源ゴミの柵の中に踏み込んだ。

「ちょっと、あなた、なにしてるの」

背中から尖《とが》った声がして、わたしは我にかえった。ふりかえると、菊池さんちのおばあさんが柵の外に立っていた。べっこうの老眼鏡越しに鋭い視線をこちらに向けている。

「なにって……」

わたしは手にしていたペットボトルに目をやった。寒さも忘れて没頭していたらしい。一本のペットボトルに黄色いシールがべたべた貼られている。百目みたい、ととっさに思った。浩樹のお気に入りだった絵本に載っていた妖怪《ようかい》の名前だ。体中に百の目を持つ不気味な妖怪。

「今日は資源の日じゃないでしょうが。なんでちゃんとルールを守らんの」

鳥の鳴き声のようなかんだかい声で、早口におばあさんはわめき散らした。

「いや、あの、ちがうんです。これはうちが出したわけじゃなくて……」

「言い訳しない、あたしはずっと見てたんですからねっ」

へどもど弁解しようとすると、ぴしゃりとはねのけられた。ほんとに、ちがうのに。ぐうっと喉がしめつけられ、反論は声にならなかった。

ちょうどそこへ、顔見知りの奥さんがゴミ袋片手に降りてきて、挨拶《あいさつ》もそこそこに引き返していった。途中、エレベーターホールの手前で彼女がちらりとこちらをふりかえったのを、わたしは見逃さなかった。これで今日はマンション中がこの話題で持ちきりだろう。そう考えたら、体中の血液がぼっと頭にのぼった。

もう耐えられない。これ以上こんなところにはいたくない。どこか遠く——気が遠くなるほどの彼方《かなた》へ行ってしまいたい。激しい音をたてて、わたしの中のなにかが破け散った。

「あ、こら、ちょっと、待ちなさいっ」

柵の外へ飛び出すと、わたしはおばあさんを振り切って、マンションの前の坂道を駆けおりた。片手に百目のペットボトルを握りしめたまま、つっかけが何度も脱げ落ちそうになり、そのたびもたもたと足を止めて目抜き通りまで降りていき、ちょうど滑り込んできたタクシーに乗り込んで、渋谷まで、と告げた。

どうしてこんなことになってしまったんだろう。

朝の渋滞にはまり、タクシーはたらたらとしか進まない。代わり映えしない街の景色にはすぐ飽きてしまい、わたしは後部座席からじっとメーターを睨《にら》み据えた。メーターがあがるたびに、びくんと心臓が波打つ気がした。この調子でメーターがあがっていったら渋谷に着くころにはいくらぐらいになっているだろう。月初めだからいいものの、手痛い出費であることはまちがいない。それでなくとも今月はクリスマスに大晦日《おおみそか》とイベントが控えているのに。とりあえずヒトリに立て替えてもらうとして、帰りは電車で帰ってくるようにしなくては。今日は水曜じゃないからあまりゆっくりはできないが、ベッドに入る時間ぐらいはあるだろう……。

衝動的に飛び出してきたというのに、めまぐるしくあれこれ計算している自分に気づいて、わたしは唖然《あぜん》とする。もう耐えられないんじゃなかったのか？　あんな生活にはなんの意味もないんじゃなかったのか？

映画やドラマでは、恋に落ちた人妻が夫も子どももなにもかもを捨て、愛する男のもとへと走り出す。結末は不幸であることが多いが、その手のドラマは多くの女たちの胸を熱くする。こんなドラマがおのれの身に降りかかったらどんなにいいだろう、とうっとり夢みてる。なんて愚かな女たち。

ふふふ。かさかさに乾いた唇から笑い声が漏れた。最初から、わたしは捨てる気なんてなかったのだ。家庭も、生活も、つまらないわたし自身も。ふふふふふ。笑いが止まらず、のけぞるような格好でシートに寄りかかる。両手に力をこめるとペットボトルがべこべこ音をたてて潰《つぶ》れた。バックミラー越しに運転手がこちらをうかがう気配がしたが、わたしはかまわず笑い続けた。

おもてにタクシーを待たせ、ヒトリの部屋のドアをノックすると、中から若い女が顔を出した。わたしの他にも女がいることはわかっていたので、さほど驚きはしなかった。おそらく彼女もそうだったんだろう。

「あんただれ？　なんか用？」

すくいあげるようにわたしを見る目が、あからさまな敵意で光っていた。わたしもそんなに背が高いほうではないけれど、彼女の視線はさらに下のほうにある。

ほとんど坊主といっていいほど短く刈った髪の毛、全体にラメをふりまぶしたような銀色のスリップドレス、下着をつけていないのか乳首がぷくんと浮き出ている。つりあがり気味の目やつんと上を向いた鼻、尖った顎《あご》、耳には無数のピアス。顔だけ見ると鋭い印象があるのに、まるく突き出した胸やお尻、むっちりとはりつめた二の腕や太もも、体つきにはあけっぴろげに若くいやらしい、はじけるような肉感があって、そのアンバランスが彼女の個性になっていた。

「あの、」

わたしは彼女の肩越しに部屋を覗き込んだ。ここからでは奥の様子までわからない。

「一人《かずと》ならいないよ」

ヒトリではなく一人という呼び方を彼女はした。わたしへのあてつけでそうしてるんだろうな、ということがわかって、なんだかいじましく思えた。

「そういうわけなんで、おあいにくさまでした」

おざなりに言い捨てると、彼女はすぐにドアを閉めようとした。

「待って！」

わたしはあわてて隙間《すきま》に手を差し込み、閉まりかけたドアをこじ開けた。

「ごめんなさい、あの、こんなことあなたにお願いするなんてどうかしてるって思われるだろうけれど……でも、彼がいないならあなたにお願いするしかなくって……」

「なに？　なんだっていうのよ？」

「……お金、貸してもらえませんか」

彼女が絶句する。大きな目をさらに見開き、おぞましいものでも見たかのような表情でかたまっている。こうなったらいっそ厚かましいおばさんのふりをしてしまうのが得策かもしれない。

「あのね、いま、外でタクシーを待たせてるの。わたしったら、うっかりして、お財布も持たずに飛び出してきちゃって、どうしたものかと往生してたとこなの。もちろんちゃんとお返しするし、なんなら借用書だって書いてもいいから、お願いできない？　ついでといってはなんだけれど帰りの電車賃も貸してもらえると助かるんだけど……」

たたみかけるようにまくしたてて、とどめに、

「……だめ、かしら？」

しゃがみこむような格好になって、小柄な彼女を上目遣いにうかがった。

「だめかしら、じゃないよ、だめに決まってるでしょうがだめに――」

言葉の途中で、こらえきれないといったかんじに彼女が噴き出した。あまりの厚かましさにあきれ果て、笑いしか出てこない、そんな様子だった。

「これだからおばさんは。かなわないわ」

ぶつぶつ文句を言いながらも、彼女はタクシー代を立て替えてくれた。さらに電車賃として千円を借り受け、ヒトリの部屋をあとにしようとすると、「ちょっと待って」と呼び止められた。

「そんな格好じゃ風邪ひくでしょ、おばさん。年なんだから無理しないほうがいい

よ」

　これは返さなくていいから、と押し付けるように渡された男物のフリースジャケットは、年老いた雑種犬のように薄汚れ、あちこちしみがついていた。こんなのでもないよりマシかと袖を通すと、びっくりするぐらいあたたかく、淡い草のようなヒトリの体臭がわたしを包んだ。

　マンションに帰る前に、どこかで処分しないと。夫や子どもたちに見られたらまずいし、近所の奥さんたちに見つかってもなにを言われるかわからない。渋谷駅のホームのベンチに座って電車を待っているあいだ、そんなことを冷静に考えている自分に気づいてほとほと嫌気がさした。

　脱ぎたくないな。ずっとこのあたたかさにくるまれていたい。そう思ったら、つるりと一滴、涙が落ちた。ほんとうに、ずっとくるまっていられたらどんなにいいだろう。本心からそう思っているのに、数時間後にはフリースを脱ぎ捨て、あたたかい部屋の中で何事もなかったような顔で夕飯のしたくをしている。わたしはそういう女だった。

　せめてすこしでもこの時間を引き延ばしたくて、ベンチに座ったまま何本か電車を見送り、渋谷駅のホームでぐずぐずしていた。もう帰らなきゃ、でもまだ、もうちょっと、あとすこしだけ――。

ヒトリとの関係も、こんなふうだった。いつかはやめなくちゃいけない。こんなのいつまでも続けてちゃいけない。最初からわかっていた。それでも、もうすこし、あとすこしだけ、と先延ばしにして、往生際悪くここまできてしまったのだ。ヒトリといるときだけ、わたしは母でも妻でもない、ただの女の子に戻れる気がしていた。ほんとはもっと早くにしなきゃならなかったのに、完全に手放す覚悟がわたしにはまだできていなかった。

「もしかして、待ってたの。おれがくるの」

頭の上から声が降ってきて、わたしは潤んだ瞳《ひとみ》をあげた。焦点があわず、何度かまばたきしたら、その拍子にぱたぱた涙が膝《ひざ》の上に落ちた。

「そう、待ってたの。あなたがくるのを」

嘘をついた。そのほうが映画っぽいから。

「これ、真知子さんが持ってきてくれたんだろ」

にゅっと目の前に突き出されたのは、黄色いシールにまみれ、歪《いびつ》な形にねじれたペットボトルだった。わたしは失望のため息をつく。こんなのぜんぜん映画っぽくない。

「遠くへきてしまったと思っていたのよ、戻れないぐらい遠くに」

意識的にペットボトルから視線をそらし、彼方を見るように空を見あげてわたしは言った。

「でもちがったのね。わたしには、最初から遠くへ行く気なんてなかったのよ」

ふっと目の前が暗くなり、一瞬なにが起こったのかわからなかった。座ったままのわたしの前に、ヒトリが立ちはだかって視界を塞《ふさ》いだのだった。まっすぐ顔を見ることができなくて、手や肩やうすっぺらな胸やジーンズの破れ目、ゆらゆらと視線をさまよわせた。

「真知子さんがそうしたいなら、おれはべつによかったんだ。いっしょに遠くへ行ったって。どこにだって、お望みどおり連れてってってあげたよ」

「嘘ばっかり」

わたしは笑った。かろうじて笑えた。

「嘘じゃないって」

「よく言う」

「ほんとなのに」

ふてくされたように唇を突き出し、スニーカーのつま先で軽く地面を蹴《け》りあげる。しぐさや顔つきだけとると、航太と同じ年ごろの男の子みたいだった。

「でも、真知子さんはそうしないんだろうなってことも、なんとなくわかってた。だからおれ、真知子さんが好きだったんだ」

ぱんっとなにかが破けるみたいに、頭の中に情景が流れ込んできた。駅のホームで別れを告げる男と女。カメラは高いところから俯瞰《ふかん》でふたりを見ている。男の最後の言葉は、ちょうどホームに入ってきた電車の音にかき消される。女はなにも言わず電車に乗り込む。ふりかえってガラス越しに軽く手をふる。ゆっくりと電車が走り出す。女はもう男を見ていない。空いている席に腰をおろし、ぼんやり窓の外を眺める。雲の裂け目から一筋の光が地上に注いでいる。やがて光は束になり、空を引き裂くように世界を白く染めあげる。

浩樹を産んだ日のことを思い出した。宵の口に陣痛がはじまって、出産を終えたのは夜が明けたころだった。短く浅い眠りから目を覚ましたときには、病室に朝の白い光がみちていて、大丈夫、とわたしは思ったんだった。大丈夫、わたしは大丈夫だ。ベッドに上体を伏せて眠っていた夫を小突き起こし、新生児室に赤ん坊の顔を見に行った。ぜんぜんかわいくないな、おまえに似て、と夫が冗談を言い、えーっ、どう見てもあなた似じゃないの、とわたしもやりかえし、ふたりで声をあげて笑っていたら、通りかかった看護師にお静かにと注意されてしまった。わたしたちは舌を出し合って笑い、それからしばらく無言のまま手をつないで生まれたばかりの息子の顔を眺めていた。すべてが完璧《かんぺき》だと思えたあの朝の白い光。

そういう瞬間だ。わたしが書きたかったのは。言葉にしようとして、けれど畏《おそ》れ多くてできずにいたのは。写真におさめることもできない。記憶にとどめておくこともできない。日々の泡となってあっというまに干からび、薄ぼやけ、遠ざかる、そういう瞬間。

フリースのジッパーをいちばん上まで引きあげ、鼻から下を襟《えり》の中にすっぽりおさめてわたしは目を閉じる。電車は次の駅に入っていき、またゆっくり速度を上げて走り出す。ビルとビルの隙間をぬうように巡らされた線路の上を進んでいくと、やがてひらけた場所に出る。白い光が、さあっと車内を貫き、乗客はみなまぶしさに目を細める。そのころにはもう夕飯の献立についてわたしは考えている。今日は冷えるからお鍋にしましょうか、それともシチューがいいかしら、なんて、考えている。

ティンカーベルは100万回死ぬ

「ずっとおまえがほしかった」

あたしの目を見てヒトリが言う。

なんべんもくりかえしみた夢。

もういいよ。もういやだ。

こんなのもう、だれか鋏で断ち切って——

またあの夢をみた。

夢の中のヒトリはあたしに夢中。あたしのことが好きで好きでたまらないって目をしてあたしに言い寄る。

「好きだ」

とか、

「ずっとおまえがほしかった」

とかとか、

「もうがまんできない」

とかとかとか。

腰が抜けてしまいそうな文句を耳元で囁《ささや》かれ、あたしは、夢の中にいながら夢みるような気持ちでぽうっとなって、あっというまに押し倒される。いいよ、いい。だからおねがい早くどうにでもして。

「いまさら、なによ」

心の中ではとっくにパンツ脱いで大股《おおまた》ひろげてるくせに、夢の中ですらかわいくなれないあたしは不貞腐《ふてくさ》れて唇とがらせる。それがあたしのポーズ。そこに、ぶちゅっと押しあてるだけの雑で色気のないキス。

「もらいー」

不意をつかれて驚いたふりをするあたしを見て、したりと笑う。うすっぺらな胸を突いて腕から逃れようとしても（ポーズ、ポーズ）、あっさりいなされ、つよく抱きしめられて、逃れられない。

放課後の教室、実家のベランダ（かつてのあたしたちの秘密基地）、ネバーランドの二階（現在のあたしたちの秘密基地）、場所も時代もばらばらだけど、夢の中のヒトリはいつでもひどく性急で、それがよけい切迫したものを感じさせてあたしはたまんない。まさかヒトリが、こんなにも切実にあたしを求めていたなんて。指先でちょっと触れただけでびりびり伝わる。

あたしが思うようにヒトリもあたしを思ってくれたらいいのに。

それは、長い時間かけてあたしが醸造してきたひそやかな願いだ。あんまり長い時間が経《た》ちすぎて、ほとんど腐りかけてる。世界一臭いチーズはおろか世界一臭い缶詰より臭いんじゃないかと思う。断言してもいい。食べごろを逃してしまったのはあたしの人生最大の不覚だ。

ぜったい手に入らないって、はじめからわかってた。わかってるものを欲しがるなんて、よっぽどのバカかドMのどっちかだ。あたしはそのどっちでもないつもりだけど、でももしかしたらどっちもなのかもと思わないでもない。わかんない。だって十六年だ。十六年も同じことばっかかぐるぐる考えつづけてたらそりゃねじれるこじれるこんがらがる。

ぷつんとだれか、鋏《はさみ》で断ち切ってくれたらいいのに。

幸福な夢の終わりのように、残酷に唐突に。

愛を囁かれ骨まで溶けるようなキスをしてべたべた体をさわりあって、さあ、いざ、というところでいつもあたしは夢から醒《さ》める。あの絶望。夢の中でぐらいいいじゃんか、一回でいいから最後までやらせろよって、クレームつけられるもんならつけたい。それともなにか、たとえ夢の中でもあたしには過ぎた願いってことなんだろうか。

夢ならどうか醒めないで、と最初のころは思ってた。未練たらしくいつまでも寝床から起きあがれないでいた。こんなふうにヒトリはあたしに触れたっけ。熱い息のこもった布団の中で夢の場面を反すうし、自分で自分の体を撫《な》でまわしてぐじゅぐじゅしてた。

それがいまじゃすっかりすれきって、「あ、夢だ」と見てる最中にあきらめるようになった。危険回避のために脳が勝手にはじめたんだと思う。そうでもしないと目覚めたあとの絶望に耐えられないから。なんていじらしいあたしの脳。

「煙草《たばこ》吸おっと」

一人のベッドを抜け出し、あたしは煙草に火をつける。

そうそのまんま、一人目の子どもだからヒトリ。ちがうちがう手抜きじゃない手抜きじゃない。これでもちゃんと考えたんだよお、うーんそうだな二秒ぐらい？ うわっはっはっは。

これまでに百万遍ぐらい聞かされた話を絶好調に養父が話してる。

お色直しも終わり、メインの料理も運ばれてきて、会場のレストランにはどことなくくつろいだ雰囲気が漂っている。従姉《いとこ》の眞由美《まゆみ》の結婚式――母方の親戚《しんせき》ばかり集まっているこの場は、本来養父にとってはアウェイ中のアウェイのはずなのに、

「いやあ、当時もね、あっちこっちから大反対にあったんだけどね。反対されればされるほどこっちもむきになっちゃって、うるさい黙っとれと強引に押し通してやりましたよ」

調子に乗ってベラベラと。

頭おかしいんじゃないの、このおっさん。

これまでに百万遍ぐらい思ったことを改めて思い、あたしはななめ向かいに座る養父の赤ら顔をにらみつけた。ミッドナイトブルーのタキシードが笑えるぐらい似合ってない。お酒弱いくせに調子に乗ってさっきからがぶがぶワイン飲んでる。みんなお愛想《あいそ》で聞いてやってんのに、どうどう？　酒落《しゃれ》がきいてるだろ？　とでも言わんばかりの得意げな顔つき。さむいから。いっそ痛いから。なんていうか絶望的にセンスがないと思う。人として。

「ちょっとタカコ、顔、顔」

テーブルの下で母親に脛《すね》を蹴《け》られた。

あたしは思ってることとぜんぶが顔に出てしまうたちだ。この世のすべてがくだらねえって顔してるよな、と前に人から言われたことがある。ご明察。この世のすべてがくだらねえって実際あたしは思ってるし、この世のすべての人間を見下してる。一人を除いて。

「これが地顔ですけど。こういう顔に産んだのはあんたでしょうが」

「あいかわらずかわいくない子ね、なんなのその態度」

この女もたいがいセンスないよな、とあたしは内心で毒づきながら母を見た。五〇年代のディオールを思わせるシックなスーツにヴィンテージのイヤリング。五十すぎのババアにしてはいい線いってるけど、あんなセンスのない男を再婚相手に選ぶ時点で終わってる。初婚ならまだしも再婚ってとこが救いようがない。

「だって普通するか？　再婚相手の親戚つかまえて、連れ子の名前の由来をああも大っぴらに」

「いいじゃないのよ、させておけば。あんたって意外に頑固いわよね。それに言っときますけどね、私はひぃくんを連れ子なんて思ったこと一度もないから。あの子もれっきとした私の大事な息子なんですからね」

「そういうの、いいから」

「そういうのってなによ」

「にしたって、あのおっさんのタキシード、あれなによ？　ひっどいセンス」

「おっさんじゃないでしょ、お父さんと呼びなさいお父さんと」

「よく言う。自分だってひぃくんひぃくん言ってんじゃん。なんなの、ひぃくんって。百歩譲ってかあくんならまだわかる。いい年したババアがいい年した男つかまえてかあくんもないと思うけど」

一人と書いてかずと、というのがヒトリのほんとうの名前だ。だけど、彼をそう呼ぶ人はいない。どこかには存在してるのかもしれないけど、少なくともあたしが知っているかぎりだといない。

「でも戸籍って、漢字だけで読みがついてないのよ。本人がヒトリだって名乗りさえすれば、いつだってヒトリになっちゃうんだから」

「そういう話をしてんじゃなくない？」

「だから、そういうのってなによ」

母娘で顔をつきあわせ、愚にもつかない言い争いをしていると、「タカちゃんもママもやめてよ」と隣からメリが割り込んできた。

「なによメリ、まだ怒ってんの。さっきフォアグラ分けてやったのに」

しもぶくれ気味の顔がいつにもましてふくれているのを見て、笑っちゃいかんと思いながらあたしは笑ってしまう。せっかくのレストランウェディングだっていうのに、小学生のメリだけお子様メニューで、披露宴がはじまってからずっとご機嫌ななめなのだ。子ども扱いされることをなによりメリは嫌う。それこそガキの証拠じゃないか。

「そうよ、ママのオマール海老《えび》もあげたじゃない」

「ヒトリの牛ヒレだって奪ってたし」

「そうじゃなくて、静かにしなきゃだめだって言ってるの。向こうで出し物やってるのに」

そう言ってメリは、すました顔でホールの奥を顎《あご》でさした。新郎の友人たちが半裸に近い姿でなにか騒いでいるのが目に入り、あたしの胸にどす黒い感情がこみあげる。意識的に視界に入れないようにしていたのに。「ひどいわね」と低い声で母がつぶやき、「まったく」とあたしはうなずいた。

「それよりひいくんはどこ行ったの、次でしょ次。そろそろ準備しないと」

「外で煙草でも吸ってんじゃない。ちょっと見てくる」

煙草と口紅だけ放り込んであるクラッチバッグを手にあたしは席を立った。

新婦側の余興として、この後ヒトリが弾き語りをすることになっているのだ。眞由美から熱烈なリクエストがあったとのことだが、眞由美だけでなく、母も含めた一族の女たちから強い要望があったんじゃないかとあたしはにらんでいる。だれもかれも、見目麗しい「親戚の男の子」を見せびらかしたくてしょうがないのだ。ヒトリにかかわる女たちの気持ちなんて手に取るようにわかる。そのほとんどがあたしのものでもあるから。

ホールを抜け、中庭に設置された喫煙所を覗《のぞ》くと、やはりヒトリはそこにいた。父親に負けず劣らず趣味の悪いスーツを着て煙草を吸っている。そのまわりを女たち――シャンパンピンクの羽衣付ドレスで着飾った若い女から樟脳《しょうのう》くさい礼服を着たババアまで――が取り囲んでいる。ヒトリがなにか言うたび、若いのも老いたのも揃《そろ》って華やいだ声をあげる。いつだってそうだ。ヒトリのいるところはどこでも即席のホストクラブになってしまう。

見飽きるほどに見慣れた光景を横目にあたしは煙草をくわえる。ライターが見つからずごそごそやっていると、横からホストの腕が伸びてきて火をつけた。

「出番、次だって」

ありがとうのかわりにそう言った。しぜん、ヒトリを取り囲んでいた女たちの視線があたしに集まる。それもいつものことだ。なんなのこのブス。声に出さなくとも、女たちの狼狽《ろうばい》が気配で伝わってくる。

短く刈った髪を金色に染め、くわえ煙草にショッキングピンクの口紅、アライア風のボディコンシャスなドレス。この世の大半の女たちはあたしみたいなのを恐れてる。それまで頑《かたく》なに信じ守ってきたものがぐらぐらぐらついてしまうから。史上最悪のビッチにでもなった気分で、ヒトリの顔めがけてあたしは煙を吐き出した。

「そのスーツ、ほんとひどい」

今朝から百万遍ぐらい口にした台詞《せりふ》。養父のこと言えないな。たぶんいまのあたしも、これ以上ないほど得意げな顔になってる。世界中に見せびらかしたいんだ。あたしだけがこの男に毒薬をまきちらせるんだって。

「これしかなかったんだよ、カナメくんのたんす」

妙な光沢のある玉虫色の生地をつまんで、にひゃっとヒトリが笑った。こんな妙ちくりんなスーツを着てても魅力が損なわれることはないって、ちゃんと自分でわかってる顔。くらくらする。ニコチンのせいだ。ヒトリの傍にいるかぎり、あたしは煙草をやめられない気がする。

煙の幕を透かし、遠い横顔をあたしは見あげた。花曇りの空から落ちるやわらかな陽射《ひざ》しが淡く影を作っている。とびきり上背があるわけではないけれど、一五〇センチもないあたしからすればうんと遠い。厚底のおでこ靴を履いていてもまだ遠い。

「そいじゃ、ちょっくら流してきますか」

短くなった煙草を灰皿に落とすと、ハメルンの笛吹きみたいにぞろぞろ女たちを引き連れてヒトリは会場に戻っていった。

もう一度、あたしは煙を吐き出した。ざらついた春の風があっというまに吹き散らしていく。三月も終わりに近づいているというのにまだ風はつめたい。

「続きまして、新婦のご親族である波多野《はたの》一人《かずと》様より、お祝いの歌をいただきたいと思います」

司会者から紹介をうけ、ヒトリはマイクの前に立った。見慣れない赤のアコースティックギターを携えている。スーツと同様、カナメくんが置き忘れていったものだろうか。

「良輔《りょうすけ》さん、眞由美ちゃん、今日はおめでとうございます。えーっと、結婚式にふさわしい歌がどんなのかわかんなくて、でも、結婚式っぽい歌、その、約束とか、運命とか、永遠とか、そういうのは、あんまぴんとこなくて、それで今日は、とにかくあなたに夢中なの、っていう、モーレツな恋の歌をうたおうと思います」

聞いてるこっちが不安になるようなたどたどしいしゃべりかたをヒトリはした。流暢《りゅうちょう》ではあるけれど、やたら扇情的で大仰なプロの司会者に倦《う》んでいた耳に、それはいかにもほんとうっぽく響いた。ざわついたホールが静まり、会場中の視線が集まるのを待ってからヒトリは歌いはじめた。

マドンナの「Crazy For You」だとわかるまでにすこし時間がかかった。弾き語りだからか、それともヒトリが歌ってるからか、原曲とはまるきりちがって聞こえた。ふわんと足元からすくいあげられるような浮遊感のある歌声。ヒトリの歌を聴くのはずいぶんひさしぶりだった。
――とにかくあなたに夢中なの
しめったため息が会場を覆い尽くす。この場にいるすべての女がとろりと目を細め、とにかくヒトリに夢中だった。見飽きるほどに見慣れた光景ではあったけど、今日ばかりはさすがのあたしも新郎に同情せずにいられなかった。

あたしがヒトリとはじめて会ったのは十三歳のクリスマスだった。

その日はめずらしく母が家にいて、朝早くから台所でお皿を割ったりボウルをひっくり返したりしていた。お昼を過ぎたころにようやくあきらめてくれて、ふたりで近所のスーパーに出かけて出来合いのローストチキンを買ってきた。ケーキ屋の前を通りかかったとき、「ケーキはどうするの?」とたずねたら、「ケーキはいいのよ、ケーキは」と言って母は目を泳がせた。かわりにドイツパンの店でライ麦パンとシュトレンを買い、レタスをちぎっただけのサラダとハムとオリーブとチーズを皿に盛っただけのオードブルを作った。宅配ピザや冷凍グラタンやファストフードばかりの普段の食事とくらべたら、それでもかなり手の込んだ豪勢なものだった。

父と離婚してからインテリア事務所をたちあげた母は絵に描《か》いたような仕事人間で、

それまでクリスマスらしいことなどろくにしたことがなかった。そんな母が、いったいどういう風の吹きまわしかと怪しんでいたら、夕方の五時を過ぎたころに玄関のチャイムが鳴った。

「あら、だれかしら」わざとらしい声をあげて母が立ちあがった。それから急いで台所に駆けていき、ばたばたと冷蔵庫のドアを開けたり閉めたりしだした。「ちょっと手が離せないから、タカコ出てちょうだい」

三文芝居もいいとこだった。

「メリークリスマス！」

玄関の扉を開けると、クラッカーの音とともにいろとりどりの紙テープがあたしの顔を打った。「ごめんごめん、驚かせちゃったね」サンタクロースの格好をした見知らぬおっさんがなれなれしい動作であたしの頭にはりついた紙吹雪をはらう。悪い夢でもみている気分だった。母に恋人ができたことはうすうす勘づいていたが、まさか、この男が？

「やっと会えたね。想像してたとおり……いや、それ以上にかわいいから、おじさんびっくりしちゃったよ」

そんな見え透いたお愛想《あいそ》で騙《だま》されるほどあたしはもう子どもじゃなかったし、自分が人並み以下の容姿だという自覚もちゃんとあった。

チビでブスで根性悪、三重苦のタカコちゃん♪

というキャッチコピーをあたしにつけたのは、ほかでもない実の母親である。悪ふざけがすぎるようなところが母にはおうおうにしてあった。多感な時期にそこまで完《かん》璧《ぺき》な否定の言葉を母親から投げつけられたら、あたしでなくともだれだって根性ねじまがって当然だと思う。

ふと視線を感じて顔をあげると、サンタクロースの背後にあたしと同じ年ごろの男の子が立っていた。学生服にサンタ帽という妙ちきりんな格好をしているのに、なにひとつ損なっていない。はじめてでもわかった。損ないっぱなしのあたしとは対極のところにいるやつだと。

ケーキの箱を大事そうに抱え持ち、笑いをこらえるみたいにむにゅむにゅ口を動かす彼を見て、あたしはとっさに顔を伏せた。体中の血が集まって、かっと耳たぶまで熱くなる。恥ずかしくてやりきれなかった。女よりきれいな顔したこんな男の子の前で「かわいい」なんて言われてしまったのだ。やっぱり悪い夢だと思った。

それから半年もしないうちに母とサンタクロースは再婚し、自動的にあたしたちはきょうだいになった。ひとつ上のヒトリが兄で、あたしが妹。とんでもないことだった。生まれてきてからずっと一人っ子として生きてきたのにいきなり兄貴があらわれてしまったのだ。しかも、眼鏡をかけてチェックのシャツを着てダサいジーパンを穿《は》いているようなどこにでもいるあたりまえで凡庸な兄ではなく、「おにいちゃんがほしい♡（ただしイケメンに限る）」なんてぬかしてる女どもがハアハア妄想してるような、理想的な美形の兄。その上、血のつながりはないときた。なんだそれ。どんな少女漫画だよ。

悪い夢は醒めなかった。それまで母とふたり、都心のマンションで悠々自適な暮らしをしていたのが、どこの馬の骨ともしれない父子の出現で一変してしまったのだ。2LDKのマンションでは手狭だからと県境の町に一軒家を買い、仕事に忙殺される母に代わって無職だった（！）養父が専業主夫として居つくことになった。慣れ親しんだ土地を離れて転校するはめになったあげく、自堕落で自由な生活スタイルまで奪われてあたしのストレスは日々つのっていった。昭和のおかんみたいな割烹着《かっぽうぎ》を着て、鼻歌まじりに芋煮だとか豚汁だとかのしみったれた料理を作るこれみよがしな養父の姿がさらにあたしの苛立《いらだ》ちを煽《あお》った。

「お母さん、騙されてんじゃないの？」

何度となく訴えてみたのだが、「なに言ってんの」と軽くあしらうばかりで母は相手にしなかった。そこらの若い女が「もう働きたくなーい」とか言ってきとうな男を見繕って結婚にこぎつけるみたいに、お母さんはあの男に見繕われたんだよ、と懇切ていねいに説明してやっても聞く耳を持たなかった。

それどころか、挑発的な目で娘をにらみすえ、こう言い放ったのだった。

「だからなに？　それのどこがいけないのよ？」と。

「女は許されるのに男はだめなの？」と。

ああ言えばこう言う、あたしはそういう娘だった。物心ついたころからほとんど対等に母と渡りあってきた。だけど、そのときばかりは続く言葉が出てこなかった——ちがう、言葉なら唇のはしに、いまにも飛び出さんばかりの勢いでぶら下がっていた。それ以上を言わせまいとする迫力があのときの母にはあった。親子でも立ち入ってはいけない領域があるのだと、そのときはじめてあたしは知ったのだ。

たとえば実父のことなら、なんの憚《はばか》りもなくあけっぴろげに持ち出すことができた。ピンポン玉のようにぽんぽん、ときには叩《たた》きつけるように、「なかなか割れないなこのボール」なんて戯言《ざれごと》を吐いたりしながら、乱暴に扱っても許されるようなところがあった。乱暴にしても壊れない頑丈さがあった。ともに暮らさなくなっても、どうしたってあたしたちは家族だったのだ。

だけど養父はちがった。しばらくのあいだ——メリが生まれるまで、養父には取り扱い注意の札がかけられていた。持ち出すときは、うすいガラスでできた玉を扱うように細心の注意をはらわねばならなかった。養父と母はまだあまりにも生々しく男と女で、家族になるには早すぎた。

「あんたの父親、あれ詐欺師でしょ」

その一方で、あたしとヒトリは急速に馴《な》れあった。むろん、その形は家族やきょうだいというのとはすこしちがっていて、

「そう、あれ詐欺師。よくわかったね」

「あんなの、見ればわかる」

「タカコのママは、大人げがない」

「それも、見ればわかる」

なんて、たがいの親をこきおろしては、げらげら笑ったりしていた。

親の目を盗み、あたしたちは夜のベランダで煙草を吸った。当時流行《はや》っていた映画の真似《まね》してくっつくほど顔を近づけ、いっこのライターで火をつける。両手で火のまわりを覆うようにすると、さらにその手を覆うようにヒトリが手を添える。中指の第二関節、かすめるように体温が触れ、そこだけ別の生き物のようにずくずくうずきだ

す。そのたびに煙草の火を押しあて、むずがゆさを焼き捨ててしまいたくなった。

冷蔵庫からくすねてきたビールを飲んだり、どこからかヒトリが調達してくるマリファナをまわし吸いすることもあった。草が燃えるにおいを嗅《か》ぎながら、たがいの唾液《だえき》でしめったジョイントを吸い、欄干から身を乗り出して、口の中に入った葉っぱをぺっぺと庭先に吐き出した。ずるりと滑って、落っこちそうになったことも一度や二度じゃない（実際ヒトリは何度か落っこちた）。すっかりハイになっていたから、そんなときでもあたしたちは転げまわって笑っていた。

隣にいるだれかに自分を合わせ、ぴたりと寄り添うのが、ヒトリは天才的にうまかった。小学校で八回、中学で三回の転校を経験しているから自然とそうなってしまったと本人は言うけれど、持って生まれたもののようにあたしには思える。呼吸するようにあたりまえにそうしてるから。それに、小手先のテクニックで手なずけられるほどあたしは簡単じゃない。

なんでもまず否定から入る。見知らぬだれかにはほぼ必ず敵愾心《てきがいしん》を抱く。自分でも厄介な性分だと思う。そんなあたしに、ヒトリはつねにいちばん心地いいと感じる態度で接してくれた。押しすぎず引きすぎず、おもねらず張りあわず、といって徹底的な無関心を貫くわけでもなく、母でも察知できないような絶妙なツボをうまく突いてくるので、次第にあたしはほぐれ、ころんと仰向《あおむ》けに体を投げ出す犬のようになった。だから馴れあったというより、馴らされたといったほうが正しい。

「なんでそんなに転校ばっかしてたの？」

疑問に思ってたずねると、ヒトリは意味深な笑いを浮かべた。

「それきくんだ。きいちゃうんだ」

「もったいぶってんじゃねーよ」

「そういうわけじゃないけどさ」

ヒトリの話によると、養父はほんとに詐欺師まがいの仕事をしていたそうだ。日本全国津々浦々を渡り歩いて鍋釜《なべかま》の訪問販売をしていたのが、ふとしたはずみで催眠商法の業者に拾われ、全国津々浦々コンビニやスーパーの跡地を渡り歩いて地元の老人たちに高級羽毛布団や高額健康食品を売りつけていたのだという。

「引き際が肝心なんだ」

囁くような声でヒトリは言った。

「ちょっと前、ちょうどここみたいな県境の町にいたことがあって――っていってもここととはちがって山と川しかないど田舎《いなか》だったんだけど、そういうところはいいんだってさ。情報が遅れてて年寄りもいっぱいいるから入れ食い状態だったとかで、調子に乗って引き際を見誤ったらしい。それで、ちょっとやばいことになって、夜逃げ同然でこっちに逃げてきた」

さすがのあたしも言葉に詰まってしまった。これはちょっと笑うに笑えない。

けれどヒトリは、「きついだろ?」と軽く笑い飛ばすのだった。「それでも、いないよりはましだ。あんな屑《くず》みたいなのでも」

そんなことを言われてしまったら、あたしも笑うしかなかった。たとえそれが、口八丁手八丁でこの世を渡り歩いてきた詐欺師父子のやり口だとしても。

「そんな屑にうまく丸め込まれちゃって、うちの母親も相当だめだね」

実際、養父は口ばかり達者なお調子者で、まるっきり実《じつ》がないかんじのおっさんだった。不器用で実直なあたしの父とは正反対のタイプだ——って、こういうことをあたしが言うと、「あんたは父親を美化しすぎだ」と決まって母は言う。「ファザコン!」とも。

「おれみたいなのは母性本能をくすぐるんだってじまんしてたよ、うちの親父《おやじ》」

「うわ、死んでほしい」

「いつまでも少年の心を忘れない男、とも言ってた」

「さむっ」

母親のことはあまり話したがらなかったけど、ヒトリがまだうんと幼かったころに家を出て行ってしまったのだとなんかのはずみで話してくれたことがある。当時からやくざな仕事をしていた養父は家を空けることが多かったとかで、いくつかの昼と夜――三日か四日か、ひょっとすると一週間以上か、本人もはっきりとおぼえていないらしいのだが――をひとりきりで、じっとうずくまって両親の帰りを待っていた。そこらに転がっていたお菓子やパンで飢えをしのぎ、古くなった牛乳を飲んでおなかを下し、風呂に入りたくてもお湯の沸かしかたがわからないから水をかぶって、そのあまりのつめたさにびっくりして風呂場を飛び出して……。

いったん口を開いたら止まらなくなってしまったみたいだった。蛇口の壊れた水道のように、ヒトリはべらべらしゃべりつづけた。ふざけた調子で、おもしろおかしく「はじめてのおするばん」の顚末《てんまつ》を語った。あたしは笑った。あははとわざとらしい声をあげて笑った。ヒトリがそう望んでいるのがわかったから。

今度は、「きついだろ?」とヒトリは言わなかった。なにを思いなにを感じているのか――あるいはなんにも感じていないのか、へらへら笑いながら語るヒトリの横顔から汲《く》み取るのは難しかった。あたしはもう二度と、とひそかな誓いを立てた。もう二度とあたしがあんたをひとりにしない。

ヒトリといると、凸と凹がぴたりと合わさるような、欠落が隙間《すきま》なく埋め尽くされるような、なんの過不足もなく満たされてるかんじがした。あたしからいちばん遠いところにいる男。けど、だからこそ、いちばんぴたりとはまるんだ。屈折を抱える少女なりに、心のいちばんのびやかな部分であのころあたしは思ったものだった。夜のベランダで、あたしたちは家族よりきょうだいより近しく、完璧なふたりだった。

三月最後の金曜日、あたしはいつものようにネバーランドでもぎりをしていた。

「チケット、取り置きで、今井達郎《いまいたつろう》」

聞き覚えのある名前と妙なイントネーションに引っかかりをおぼえて顔をあげると、スーツを着たサラリーマン風の男がすぐそこに立っていた。

だれだ、こいつ？

あたしの知っている今井達郎と目の前の男がなかなか結びつかずに何度かまばたきしたら、「よう」と男はなれなれしく言って、あたしの眉間《みけん》をつついた。

「皺《しわ》寄っとるぞ。あいかわらず、不満だらけって顔しとるのう」

それでようやく目の前の男が今井達郎に重なった。

――この世のすべてがくだらねえって顔しとるよな、おまえ。

かつてあたしにそう言い放ったのはこの男だ。

「チャージが二千五百円、ドリンク代が別で五百円、合わせて三千円です」

「って、スルーかい」

「すみません、うしろがつかえてるんで」

「だれもおらんやん。まったくつかえとらんし。なんなんおまえ、ひさしぶりだってのに」

あたしは無言でひったくるように三千円を受け取り、かわりにドリンクチケットを差し出した。片眉《まゆ》をつりあげ、不満そうな顔であたしを見下ろしていた今井（こういうふとしたときの顔つきとか、人をおちょくっているような態度はあのころのままだ）はホールに知った顔を見つけたらしく、「おー、こんなとこでなにやっとんの」と大きな声でまくしたてながらそちらに流れていった。

いったい何年ぶりだろう。今井がここにやってくるなんて。たしか今夜のイベントの主催バンドは今井と同郷だったはずだ。その関係かなにかだろうか。

取り置きリストの「今井」に線を引き、ざわついた気持ちであたしはホールをふりかえった。「CLUB NEVERLAND」というピンクのネオンサインがかかったカウンターで、営業用の笑顔をふりまきながらヒトリがドリンクを作っている。開場してまだ間もないというのにカウンター前にはすでに大勢の女の子たちが押し寄せ、ごったがえしている。今夜は客の入りが良さそうだから、この調子だとすぐにまわらなくなるだろう。

「ちょっとヨーキー。カウンター手伝ってやってよ。また行列になってる」

「えーっ。でも、おれが行ってもあんま変わんないっすよ。みんなヒトリさんとこ並びたがるし」

もぎりのすぐ裏、PAブースのヨーキーに声をかけると、ものすごくいやそうな顔をされた。

「いいんだってそれで。ヨーキーは男の客だけ相手にしてれば」

「どうせおれなんて永遠の当て馬っすよね、わかってますよはいはい。黙って男にだけ酒ついでろってかんじっすよね」

「もういい、わかったよ。あたしがカウンター入るからもぎり代わって」

渋谷の裏路地にあるここネバーランドは、キャパ百人程度の小規模なライブハウスだ（ライブ終了後は始発まで営業する飲み屋にスライドする）。毎日のようにライブスケジュールが入っていた時期もあったけれど、良くも悪くもあのころはオーナーのカナメくんの人望というか、ブッキング力でもっていたんだろう。カナメくんが行方《ゆくえ》をくらましてからというもの、余所《よそ》のライブハウスに流れていったり、解散して就職したり郷里に戻ったりするバンドがぼろぼろ出てきて、いまでは週末のみの営業になっている。

もう閉めちゃえば？　と何度か提案してみたこともあるのだが、

「そんなことしたら、カナメくんの帰ってくる場所がなくなるだろ」

頑としてヒトリは聞かなかった。

帰ってくるかもわからないのに？　とは言えなかった。

失踪《しっそう》する前、裏でかなりヤバイことをしてるって噂《うわさ》がカナメくんにはあった。いまごろ東京湾に沈んでんじゃないかとか、ジャンキー病棟にぶちこまれたんじゃないかとか、南の島に高飛びして優雅に暮らしてんじゃないかとか、みんな好き勝手なこと言ってるけど、カナメくんがどこにいるのか、どうして消えてしまったのか、ほんとうのところを知ってる人間はいない。

カナメくんとヒトリとのあいだでどんなやりとりがあったのか詳しくは知らないが、もともと従業員だったヒトリが留守を預かることになり、その流れであたしもネバーランドを手伝うようになってけっこうな年月が経つ。あたしたちのほかに、スタッフはＰＡのヨーキーと照明の松井《まつい》くんだけだ。もちろんそれだけじゃ食っていけないから、みんな他所でバイトしながらなんとかネバーランドを維持している。あたしも平日は母親の事務所の雑用をしたり、友達の古着屋で店番したりして糊口《ここう》をしのいでいる。

なにやってんだろうなあってときどきふっと思うことがある。なんのためにこんなことしてんだろって一瞬思ってあわてて蓋《ふた》をする。引き際が肝心なんだ。夜のベランダでつぶやいていたヒトリの横顔が目の前をちらちらするのに気づかないふりをする。気づいたら終わってしまうから。

「タカコ、ビール。コロナちょうだい」

カウンターの扉をくぐりぬけたところで、待ち構えていたかのように今井の声がした。カウンター越しにあたしは今井を見上げた。

「コロナはチケットと交換できません。リストの中から選んでください」

「そうだったっけ？」

にやにや笑いを顔にはりつけ、しらじらしい声をあげる。そうだ、今井ってこういうやつだった。なにもかも見透かしたような顔をして、そのくせひどく幼稚に絡んでくる。こいつのほうこそ世界中の人間をバカにしてんじゃないだろうか。

「ビールはスーパードライのみとなってますが！」

スーパードライの三五〇ミリ缶を乱暴に突きつけてやると、今井は一瞬ひるむように目を丸くし、すぐにげらげら笑い出した。

「かたくななやっちゃのう」

うるさい。あんたがゆるすぎんだよ。喉《のど》まで出かかった言葉を呑《の》み込み、あたしは今井をにらみつける。ごくごく喉を鳴らし、今井は一息にビールを飲みほした。

それにしても――。

バンドを辞めてからタイヤメーカーの営業をしているとは聞いていたが、ずいぶんとまあ、こざっぱりしてしまったものだ。ドレッドヘアに無精髭《ひげ》を生やし、ホームレスと間違われそうな――実際あのころネバーランドに出入りしていた人間の多くがほとんどホームレスみたいな生活をしていたのだが――小汚い格好でそこらをうろついていたかつての今井の面影はどこにもない。

あのころまだあたしもヒトリも二十歳《はたち》やそこらで、ネバーランドにはいまよりずっと活気があった。あたしたちは郊外の実家を出て、売りに出さず残してあった母のマンションで暮らすようになっていた。といっても、おねえのスタイリストだとか証券会社のOLだとか未亡人のアートディーラーだとか、あちこちふらふら渡り歩いていたヒトリがあの部屋に居つくことはほとんどなかったのだけれど。ふらりと出て行ったきり何ヶ月も帰らないということがしょっちゅうで、携帯もポケベルも持ち歩こうとしないから、ヒトリをつかまえるにはネバーランドに足を運ぶしかなかった。ライブでしか会えないなんてファンと変わらないじゃないかと苛立ちに唇を嚙《か》みながら、奇声をあげる女の子たちにまみれてヒトリのライブを見ることがよくあった。

カナメくんの失踪で事実上解散してしまったが、ヒトリと今井とカナメくんはかつてバンドを組んでいたのだ。若いころにメジャーデビューし、大きなヒット曲こそないけれど日本のロックシーンで名の知れたカナメくんが渋谷に新しくライブハウスを開き、さらには無名の若手ミュージシャンと新バンドを結成したとあって、当時あちこちの音楽誌にこぞって取り上げられていた。

「気に入るハコがねえから、これはもう自分で作るしかないっしょって思ったんだよね。そしたら今度はさ、うちのハコにハマるバンドがいねえってなるわけよ。よしわかった、そんじゃ自分で作っちまえって（笑）」

どっかのインタビューでカナメくんが語っていた。

わざとらしい巻き舌と荒っぽいしゃべりかた、全身にタトゥーを入れ、つま先の尖《とが》ったヘビ革のブーツを履いたりして、ロックンローラーという生き物を演じているようなところがカナメくんにはあった。セックス、ドラッグ、ロックンロールという前時代的なスタイルを、律儀に生真面目《きまじめ》に踏襲しているようなところが。

　あたしはロックも音楽もさほど詳しいわけではないけど、ネバーランドに通っているうちに、バンドの良し悪《あ》しというのは演奏の巧《うま》い下手《へた》だとか曲の良し悪しだとかプレイヤーのルックスや個性がどうとか、そういうことではないんだと肌で理解するようになった。バンドがステージに上がり最初の一音が鳴らされる、その瞬間にすべてがわかる。見てるこっちがたじろいでしまうほどに、たちどころにすべてわかってしまうのだ。

　それでいったら、いいとか悪いとかいう以前にヒトリたちはバンドですらないように見えた。建設途中でそのまま放置されてしまったビルのような寒々しさがステージの彼らにはあった。ロックの亡霊に取り憑《つ》かれたカナメくんを、すこし離れたところでうすく嘲笑《ちょうしょう》している今井。そのどちらにも寄り添えず、ステージの真ん中にぽつんと立って途方に暮れたように歌うヒトリはいつも、ぞっとするほど孤独だった。やめて、と何度叫びそうになっただろう。やめて、こんなのもうやめて。あたしがいるじゃんか。あたしがいるのに、新しくだれかを求めるような真似はもうやめて。

　おまえな、あんな顔で見とんなよ――ってライブが終わってから今井に言われたことがある。あんな母親が子ども見守るみたいな顔、客席にちらっちらっしとったらこっちがしらけるわ。

バーカ、母親じゃねえよ、妹だよ。どっちにしろ、そんなものになりたいと思ったこと、あたしはいっぺんもないけどね。ただのいっぺんもねえんだよバカ。そう思ったけど、言い返す気になれなかった。ライブが終わってすぐだったから今井のこめかみにはまだ汗が光っていて、背中まであるドレッドと濡《ぬ》れた古着のTシャツのにおいが相まってえげつないにおいがした。

「タカコ、コロナおごって」

空になったスーパードライの缶をこちらに放って、今井が言った。

どうしてこの男はやたらあたしに構うんだろう。昔からそうだった。なにかっていうとちょっかいをかけてきて、小バカにしたような顔で笑ってるんだった。最初はヒトリへのあてつけでそうしてんのかと思ってたけど（男女かぎらずそういう輩《やから》はちらほらいた）、そういうわけでもなさそうだった。

ここでのあたしはあくまで「ヒトリの妹」で、個として認識されることはなかった。どんな奇抜なメイクをしても、どんな派手な服を着ても、体中にピアスの穴を開けたって、ヒトリという圧倒的な個性に吸い込まれ、添え物にしかなりえなかった。そのことをいやだと思ったことはないし、そもそもあたしはヒトリ以外のだれかに自分を認めてもらいたいとは思っていなかった。

今井だけがちがった。今井だけがはじめからあたしをヒトリと切り離してとらえていた。

「お客さん、そういうのはちょっと困るんですが」

「だって、小銭ないし」

「釣銭の用意があるので、問題ありません」

「そんならこれで」

一万円札を手渡され、あたしはレジから釣銭を出して、コロナといっしょに渡した。すると今井は一息にコロナを飲み干し、「おかわり」と言って再び一万円札を差し出した。

「なにしてんの、小銭あるでしょ小銭」

「知らん」

「知らんじゃないよ。いまさっき、くずしたばっかじゃん」

「うっさい、万札で払おうがチャリ銭で払おうがおれの勝手やんか」

「あんたのはただのいやがらせでしょ」

「なんなん客に向かって、その態度」

「うっさい、あんたなんか客じゃないわ」

「客なんて所詮《しょせん》シャボン玉だもんな？」

はっとして、あたしは今井を見た。笑いを嚙み殺したような、奇妙に歪《ゆが》んだ顔をしている。客なんて所詮シャボン玉だからさ。無限にあったカナメくんの迷言のひとつだ。

「そうそう、軽くて吹けば飛んでっちゃう、シャボン玉みたいなもんだよ」

思わずあたしは笑ってしまった。

「ロックやのう」と皮肉に唇を歪めて今井も笑う。

「ロックか？　だって新喜劇じゃん。島田珠代《しまだたまよ》じゃん」

「あのおっさん、真顔で言うしな。あそこまで行くと逆にロックな気もしてこん？」

「してこん。っていうか、ロックとかロックじゃないとか、どうでもいいよ」

「そらねえわ、ロックがすべての男に」

「ロックがすべてとか、さむいし」

「うっわ、全否定」

あたしと今井はよくこうして、陰でカナメくんをおちょくって嗤《わら》っていた。夜のベランダでヒトリとたがいの両親をくさしていたときとはちがう。もっと悪意的で、鋭利で容赦がない。

「やっと調子、出てきたやん」

「むかつく」

乱暴に言って唇とがらせたら、爪《つめ》の先でかすめるように引っ掻《か》かれた。「なにすんのよ」とかわし、ヒトリがこっちを見てたらいいのにとちらりと思って隣を盗み見た。

そうして、あたしは絶望する。これまで百万回ぐらいくりかえしてきた絶望。

行列の最前列にいる女がカウンターから身を乗り出すようにして、ヒトリの耳元に唇を寄せていた。オレンジ色のカーディガンに紺色のクロップドパンツ、ライブハウスではあまり見かけないタイプの地味な女だった。

新しい女だ、とすぐにぴんときた。

女がなにか言うと、うすっぺらな体を前後に揺らし、ヒトリが笑う。いまにもこぼれそうに瞳《ひとみ》を潤ませて、女がヒトリを見上げる。一粒ダイヤのピアスがぶらさがったその耳元に、ヒトリがなにか囁く。あたしの聞いたことのない声で、あたしの聞いたことのない文句を。

「だっせー女」

つぶやいた声はライブハウスの喧騒《けんそう》にあっけなくかき消される。カウンターに肘《ひじ》をついて煙草を吸っていた今井が、片眉をつりあげてあたしを見た。

「おまえ、いつまで続けんの、そういうの」

うるさい。あんたに言われなくたって自分がいちばんよくわかってる。引き際を見誤った。あたしは完全に引き際を見誤ったんだ。

「そういうのってなによ」

ごまかすように言って、そっぽを向いた。


新しい女は唐突にあらわれる。それこそシャボン玉のように、どこからともなくふわふわやってきては淡い印象だけ残してはじけて消える。

「もうやめなよ」とヒトリに言ってやったことがある。「女なんて所詮シャボン玉だよ」と茶化すようにつけくわえて。深刻に取られないように。

「それなに?」と、ヒトリは訊《き》き返した。「なんかのギャグ?」と好奇心旺盛《おうせい》な子どもみたいにくるくる目玉をまわして。

こいつにはかなわないと痺《しび》れるように思うのはこういう瞬間だ。ヒトリの持つある種の鈍感さ、屈託のなさ、嘘《うそ》くさくて好きになれない言葉だけど、純粋さとしか呼べないようなものを目の当たりにすると、あたしは泣きそうになる。だめだ、好きだと思って、泣きそうになる。

「ギャグっていえばギャグだけど……って説明させんな。しらけるわ」

わざと乱暴に言うと、ヒトリはごめんと素直に謝ってから、そりゃしらけるな、しらけるわとケラケラ笑った。このすこやかさにあたしは何度救われただろう。

どこで拾って（拾われて？）きたんだか、ケツの青い女子高生から所帯じみた冴《さ》えない主婦まであまりにも見境がないので、女ならなんでもいいのか（女に限らず男でもかまわないようだが）とたずねると、

「なんでもいく、はない、よ」

ちょっと考え込むように顔を傾け、片言みたいなしゃべりかたでヒトリは答えた。そりゃそうだ。なんでもいいなら、あたしたちはとうにやってただろう。何百回でもやってる。やりまくってる。

「だったら、ちゃんと好きなの、相手のこと」

やっぱりあたしはドMなのかもしれない。こんなの、どんな答えが返ってきたって傷つくに決まってるのに。

「おれさ、一度会ったら、ぜったい忘れないんだ、人の顔」とヒトリは言った。「これも転校多かったせいなのかな。クラスメイトの顔、早くおぼえなきゃっていつも必

死だったから、いつのまにかそれが癖みたいになってて。でも、こっちがおぼえてても向こうが忘れてるってことがよくあってさ。町ですれちがって声かけても、なんだこいつ、みたいな顔されることが。一ヶ月もいなかった学校もあるからしょうがないって頭ではわかってても、けっこうきついんだよな、あれ」

嘘だ、そんなわけない。ヒトリの話を聞きながらあたしはじれじれしてた。あんたみたいなのを忘れる人、いるわけないじゃないか。そんなのぜんぶ、ただのポーズに決まってる。あんたには想像もつかないかもしれないが、この世の中にはあたしみたいに根性ねじくれ曲がったのがいっぱいいて、意味もなくだれかに意地悪したり、悪意を撒《ま》き散らしたりするようなことがあるんだよ。

そう言ってあげたいのに、

「だから、せめて、おれのことおぼえててほしいと思えるような、そういう相手としかやらないよ」

とどめを刺されて、あたしはなにも言えなくなる。

いつだって去っていくのは女のほうで、あとに残されるのはヒトリだ。

最初、女たちは舞いあがる。こんなきれいな男の子が相手にしてくれるなんてと感激にうちふるえ、有頂天になる。女たちの気持ちなんてあたしにはすべてわかる。まさかこんな男の子が、信じられない、と夢見心地で思っていたのが、時間が経つごとにだんだんほんとうに信じられなくなる。まさかこんな男の子が自分を愛してくれるなんて、そんなことあるわけないじゃないか、と。女たちの瞳がすこしずつ退色するように、失望あるいは絶望に濡れていくのを、あたしはひそかに愉しみにしている。やっと気づいたか馬鹿女。だれのものにもならないの。この男はだれのものにも。調子に乗ってのぼせちゃって、あーあ可哀想《かわいそう》にねえ。まったくどいつもこいつも身の程を知れっつーんだよ。その程度の覚悟でこの男にさわんじゃねえよ。死ね、バカ。優越感にも似た昏《くら》い悦《よろこ》びがひたひたとあたしの胸をみたす。

何度絶望しても、何度思い知らされても、あたしだけはそばにいる。あたしだけがヒトリから離れない。それがあたしのプライドで驕《おご》りだった。誓いで呪《のろ》いだった。だれか、断ち切れるものならだれか、ひとおもいにぷつんとやって、この悪い夢を終わらせてよ。

ビール樽《だる》のキーホルダーがついた鍵《かぎ》をひとさし指に引っかけて、あたしはホールを抜け出す。いったんビルの外に出て、おもてから二階に続く狭くて薄暗い階段をあがっていくと、手すりにもたれかかるような格好で今井が待っていた。目を合わさず、すぐ横をすりぬけようとして、あっけなくつかまった。腰に巻きついた手の、思いがけずやさしい感触にあたしはうろたえる。

「待って」

「待てん」

今井はあたしを抱え上げるようにして部屋まで連れていった。思っとったより重いな、とあまりに正直な感想を漏らすので足を踏んづけてやったら、今井は笑って、それに、思っとったよりやわこいわ、と言って腰にまわした手を強くめりこませた。

「まさか自分が、使うことになるなんてな、この鍵」

「あたしも思った」

「嘘こけ。おまえ、カナメのおっさんとなんべんかやっとるだろ」

「はあ？　だれがやるか、あんなのと」

ライブ終了後、打ち上げが終わってからもだらだら飲んでいると、いつも決まって最初にいなくなるのがカナメくんだった。ホールに残っている女の子たちの中からきとうなのを見繕って、二階の自室にしけこむのだ。あたしも何度か誘われたことがある。きれいな子は他にいくらでもいたけれど、おまえは体つきが異様にえろいんだといって口説かれた。そのことを今井は言っているんだろう。

主《あるじ》がいなくなってからは、みんながそういうことにこの部屋を使うようになった。カウンター内側のわかりやすい場所にビール樽の鍵がかけてあって、関係者ならだれでも自由に取り出せるようになっているのだ。といっても、頻繁に利用されていたのは最初のうちだけで、ヒトリが寝泊まりするようになってからはほとんどだれも使っていないみたいだった。

「ヒトリとはやっとらんの？」

「死ねよバカ」

週末のたびに自分の部屋まで帰るのがめんどうでこの部屋に泊まっていくあたしにヒトリは触れない。一度だって触れたことがない。この十六年のあいだ、いくらでもやれる機会はあったのに。

「やれるもんならやりたいよ。やりたくてやりたくてたまんないよ」

「だよなあ」

部屋に入ると、今井は素早く上着を脱いでネクタイをほどいた。手馴れてんなこいつ、とそれを見てあたしは思う。ヒトリやカナメくんがお盛んすぎて目立たなかっただけで、こいつもそれなりに遊んでいたのかもしれない。緊張を悟られないようわざと大ざっぱな動作で冷蔵庫から取り出したビールを飲み、あたしは勢いよくベッドに腰をおろした。

「おれにもくれ」と飲みかけの缶を奪われ、

「なにすんの、冷蔵庫から新しいの出し――」

最後まで言い終わるより先に手首をつかまれ、そのまま押し倒された。やっぱりやめとこうよ。喉まで出かかった言葉をあたしはとっさに呑み込んだ。驚くほど真剣な顔を、今井がしていたからだ。

「目え閉じれや」

唇を押しつけられ、舌が入ってきても、あたしは目を開けたままだった。「閉じろって」かすかにイラついたような声で今井は言って、あたしの目の上に手をかぶせた。はじめはごく軽く、舐《な》めるようだったキスがだんだん深く、粘ついたものになるにつれ、あたしはこわくなった。なんだこれは、という気になった。「やらせろ」と軽い調子で言われたから、「いいよ」と軽く答えた。ふたりして、そういうことにしようとしたんじゃなかったのか。

突然、目の前が明るくなり、あたしはまぶしさに目を閉じる。耳のそばで今井の息遣いがしている。Tシャツの裾《すそ》から荒っぽい男の手が滑り込んで、腹の上を這《は》いあがってくる。

「あたし、はじめてなんだけど」

目を閉じたままでも、今井が大きくのけぞるのがわかった。

「まじか」

——まずい、引かれた。

「ちょ、やだ、うけるんだけど」

あたしは急いで言って、ぽかんと口を開けたままでいる今井の顔を指さして笑ってみせた。「騙されてやんの。なんつう顔してんのよ」手脚をばたばたさせ、ベッドの上を笑い転がった。「そんなわけないじゃん。冗談にきまってるでしょ。もしかしてびびった？　ねえ、びびったの？」

調子を合わせて笑ってくれたらそれで終わりにできたのに、「はあ？」今井はあからさまに不機嫌な声を出した。「意味わからん。なんでそんな嘘つくん？」

本気でわけがわからない、という顔をしていた。笑って済ますつもりなどないのだ。てきとうにやりすごすつもりなど、最初から今井にはなかったのかもしれない。

観念してあたしは体を起こした。ずり落ちたブラジャーのひもを服の上から引っぱりあげる。

「だってあたしもうすぐ三十だよ？　この年ではじめてとか引くでしょ。しかも、あたしのキャラで」

「……そら、まあ、多少はな」

もごもご言いながら今井も居ずまいを正し、あたしたちはベッドの上で向き合うような形になった。俯瞰《ふかん》で見るとかなりまぬけだよね、この状況、とぼそっとあたしが漏らしたら、おれも思った、と今井が同意した。いまさらだけど、あたしたちは照れかくしのように、へへへと笑った。

「でも、なんで？」

新しく出してきたビールで改めて乾杯し、今井が訊いた。

「なんでってなにが」

「そんな後生大事にとっといたもんを、なんでいまさら？」

「あんたが言ったんじゃん。いつまで続けんだって」

思考をとおさず、ぽろっと口をついて出た言葉に自分でびっくりした。ずるいと思った。他人のせいにするなんてあたしはなんてずるいんだろう。「あんたに言われて思ったの。もうやめちゃおうって。あんたのせいだよ」責任を負おうとしない、まるきり子どもの言い分だ。「今日あんたが入ってきたとき、ぎくっとした。すっかり大人みたいな顔してあらわれんだもん。あたしらみたいにいつまでもふわふわしてる人間からすると、あんたみたいなの、たまんないんだよ」

それはべつに、今井だけに限ったことじゃない。同じようにふわふわそこらを漂っていたのが、一人、二人とすこしずつ、飯のタネにもならないバンド稼業に見切りをつけてネバーランドを去っていく。髭を剃《そ》り、髪を切って、最初からそうだったみたいに真人間ヅラするようになる。子どもの時代なんて存在しなかったみたいな、なにかをすっかり切り離してしまったような顔をするようになる。もちろん年齢的なこともあるんだろうけど、そういうことが許されない空気みたいなのが東京のあちこち――もしかしたら日本全国津々浦々に蔓延《まんえん》していて、だれもかれもが窒息寸前になってる。いつまでも遊んでなんかいられない。いつかは大人にならなくちゃいけない。くりかえし言い聞かせるようにつぶやいて、みんないってしまう。それまで後生大事にしていた宝物の数々をネバーランドに置き去りにして。

そうして、ヒトリだけが取り残される。夢の死骸《しがい》が転がったこの場所にたったひとりで取り残され、帰ってくるのかどうかもわからない主を待ちつづけるのだ。そんな生き方しかできない彼の壮絶な孤独を想像してあたしはぞっと震えあがる。

「だからもう二度と、ここにはこないでよ」

顔は上げず、指先でビール缶のプルトップを弄《いじ》くりながらあたしは言った。「ほんといい迷惑。かきみださないで。決めたんだから、ずっと前に。あんたやカナメくんや他のみんながあらわれるよりずっと前、まだあたしとヒトリしかいなかったときに。あたしだけはそばにいるって。なにがあってもそうするって。だって、あたしがいなくなったらどうするの。あのバカほんとにひとりになっちゃうよ」

「そうかあ？」ちびちびビールを啜《すす》りながら話を聞いていた今井が、そこで口を開いた。「おまえがおってもおらんでも、あんなもん同じだわ。なんも変わらん。おれにはそう見えるけどな」

いつもみたく攻撃的ではなく、淡々と思ったままを告げるような口調だった。

「前から思っとったけどおまえはあの男を美化しすぎだわ。いつまでも少年のような、とかなんとかかいいもんのように言うけどな、あんなんおれから言わせたらまがいもんでしかない。自分がガキんころのこと、思い出したったらわかるわ。早く大人になりたいって、そればっか考えとった。いつまでもガキのまんまでおりたいなんて、いっぺんだって思わんかったわ」

あたしは俯《うつむ》いてプルトップを弄りつづけていた。あたしがいてもいなくても。指先ではじくごとに、金属の震えがつたわってくる。ずっとだれかに断ち切ってもらいたかった。自分じゃできないから、だれかしてくれないかってずっと。

「あっ！」

唐突に叫んで、今井がベッドから飛び降りた。部屋の片すみに積みあげてあるギターケースのいちばん上から、赤いアコースティックギターを取り出す。

「これこれ、めっちゃなつかしいわあ」

「それ、あんたのだったの？」

返事のかわりに今井は弦をはじいた。床に座り込んで、一弦、一弦、順繰りにチューニングを合わせていく。その横顔にあたしはかつての少年を見る。自由の意味をはきちがえ、歯がゆくじれったくもどかしい日々を送っていた少年の光を見る。

「こないだ、親戚の結婚式で、ヒトリがそのギター弾いてた」

「あいつ、なに歌ったの？」

「クレイジー・フォー・ユー」

「って、マドンナの？　どんな歌だったたっけ？」

さわりだけ歌ってきかせると、あとを引き継ぐようにメロディーをつなぎ、ギターを鳴らした。煙草とアルコールで焼けた喉で、音程のずれまくったマドンナをワンコーラス歌い切り、

「懐メロやん」

ぽつんと今井はつぶやいた。

シャッターの閉まる音が聞こえておもてへ出ると、まだ完全に明けきらない夜の下、道路のすみっこに座り込んでヒトリが煙草を吸っていた。

「もう店じまいしたの」

「うん」

「ごめん。手伝わなくて」

「いいよ。ほとんどそのまんまにしてあるから、明日のスタートがたいへんだけど」

あたしも隣にしゃがみこみ、ビール樽の鍵をヒトリに握らせた。「今井くんは？」と訊かれたので、「帰った」とだけ答え、あたしも煙草に火をつける。

「あのギター、今井のだったんだね」

「そう、こないだ倉庫の整理してたときに見つけてさ。電話したんだ、取りにきてよって」

「今日んところは置いてったるとか言ってたよ。また今度取りにくるからそれまで貸しといたるわ、丁重に扱えよって言ってた。電話もらうまで忘れてたくせに、えらそうにね」

「今井くんらしいじゃん」

なにがだよ、いい子ぶりやがって。言葉のかわりにふっと煙を吹きつけたら、ヒトリは煙たそうにしょぼしょぼまばたきをした。

駅のほうから電車の走り出す音が聞こえてくる。また一日が終わったのか。始発の音を聞いてそう感じるなんてとことん真人間からかけ離れてるな、と思ったらなんだかおかしかった。

「そういえばメリがあんたとディズニーランド行きたいって言ってたよ。今度、連れてってやりなよ」

「じゃ、三人で行く？」

「ぜったい行かない」

「じゃあ、みんなで行く？」

「みんなって？」

「親父とタカコママと、家族みんなで」

「死んでも行かない」

うげえっ、おええっ、ってえずく真似をしたら、ヒトリはげらげら笑って尻もちをついた。薄青い早朝の路地裏にあたしたちの笑い声が響く。あー、ずっとずっとこうしてたいなとほんとに本気で思ったけど、すぐ吸い終わってしまった。足もしびれた。

「帰るわ」

アスファルトに煙草をすりつけてあたしは立ちあがる。ダメ押しのように踵《かかと》で踏み潰《つぶ》すと、だめだよ、と言ってヒトリが吸殻をひろいあげた。変なとこだけ常識的なやつ。

「今日は泊まってかないんだ？」

「やめとく。また明日ね、っていうか、もう今日だけど」

「おやすみ、また明日」

おはよう、おやすみ、また明日。

おはよう、おやすみ、また明日。

歌うようにくりかえし、駅に向かってあたしは歩き出す。夜を切り裂くように朝陽が昇り、また次の朝がくる。背中から強い風が吹いて、どこからか連れてきた花びらを先へ、先へと連れていく。夢から醒めたような心地であたしはそれを見る。

「煙草やめよっかな」

つぶやいて、あたしは新しい煙草に火をつけた。

屋根裏のピーターパン

部屋の外に置かれていた
とんでもなく物騒なブツを前に
おれは途方に暮れる。
「まじかよ」
——いまに限らずもうずっと、
おれは途方に暮れているんだ。

女の泣き声で目が覚めた。

どこかで泣いている。

かなり近い。

っていうかこれ、部屋のすぐ外じゃないか？

ベッドからはね起きてドアを開くと、

あなたのむすめです
名前はさくらとゆいます

と書かれた紙がぺらり一枚、赤ん坊の腹の上にのっかっていた。

おれはぞっとして、それを見おろした。

ところどころペン先が突き抜けて穴ぼこになっている、いびつに波うった文字。テーブルも下敷きもなにもない場所——おそらくこの部屋の前で、床に這《は》いつくばってか壁にへばりついてか、ともかく尋常でないやり方で書いたものなんだろう。そう思ったら、やけにあわれを誘った。

「あなたのむすめです」

もう一度、今度は声に出して読んだ。ものすごい棒読みになった。

あなたって、まさかおれのことをいってんじゃねえよな。

すっとぼけてみたが、ほとんど意味がなかった。ほかにだれがいるっていうんだよ。このビルにほかに住人はいないし、身におぼえなんてありすぎるほどあった。

「なんちゅー物騒な」

まったくおれときたらこんなのすら瞬時に「女」と認識してしまうのか。

おれは改めて赤ん坊を見おろした。白い籐《とう》かごの中で、オーガニックっぽい色合いのおくるみにくるまれて真っ赤な顔で泣き叫んでいる。廊下の窓から射《さ》す夏の光がそこらをやたら白っぽく照らして色彩のすべてを飛ばしてるから、夢でもみてんじゃないかと一瞬期待した。ほんとに一瞬だったけど。

抱きあげようとして、そのあまりの軽さにおじけづいた。赤ん坊の体は熱く、うっすら汗でしめっていた。生きてんのか、こんなちっこいのに。おれはますますおそろしくなって、頭の下に差し入れた手を抜き取った。軽くてやわらかいのがこわかった。

なにかとてつもない引力をその身にはらんでいそうで、ちょっとでも油断したらずぶずぶめりこみそうでこわかった。

それでしかたなしに、かごごと持ち上げて部屋の中に連れ込んだ。空中でぶらぶら揺らしてもなかなか泣き止《や》まないので、顔の前で手をひらひらしてみたり、変顔したり、宇宙語で奇声をあげたりしてみたが、煽《あお》ってしまったのかよけい激しくなった。

赤ん坊というものに免疫がないわけじゃない。妹のメリが生まれたのはおれが二十歳《はたち》とかそこらのころで、一通りのことはやったしやらされた。おしめも替えたしミルクもやったし風呂に入れてやったこともある。といったって、せいぜい年に一、二回、実家に帰ったときに手伝う程度で、あのときは親父《おやじ》や継母やタカコや、いつだってだれかしらそばにいたから赤ん坊とサシで向かい合うようなことはなかった。

おれははっきりうろたえていた。この状況に。おれの娘かもしれないこの生き物に。だけどどこかで、予感のようなものもあった。それまで意識したこともなかったけれど、こいつを目にしたとき、あっ、というひらめきがあった。デジャブとかそういうのに近い。いつかこういうことが起きるんじゃないかという予感が、自分でも気づかないうちにおれの中に組み込まれてて、ここにきてはじめてカチッと作動したってかんじ。とっくにおれは知ってたんだ、こうなることを。

おれは携帯電話を開き、アドレス帳を【あ】から順にスクロールしていった。いろんな女の顔が頭に流れ込んですぐに消えていく。ひょっとするとその中に、さくらの母親の顔もあったかもしれない。

ＳＯＳの電話をかけたらどれだけの女が助けにきてくれるだろう。試してみたい気もしたが、それ以前にこのうちのどれだけが電話に出てくれるかが問題な気がする。連絡を取らなくなって十年以上になるのもいるから、とっくに番号を変えてるかもしれないし、着信拒否されてる可能性だってないとも言い切れない。一人や二人ぐらい死んでるのもいるかもしれない。そんなの知りたくない。知るのがこわいから電話できない。

おれは途方に暮れて、指先でころころ女たちの名前を弄《もてあそ》んだ。

なにもいまだけに限ったことじゃない。

なんだかずっと、おれは途方に暮れてる気がする。

いつからかはわからない。

気づいたときにはそうだった。

いちばん古い記憶は血で濡《ぬ》れたアッパッパだ（アッパッパってもう言わないのか、

わかんないけどあの町ではみんなそう呼んでた。夏になると若いのもばあさんも、女たちはみんなアッパッパを着ていた）。おれの額にはいまでもあのときの傷が残っている。空になった牛乳びんを外の回収箱に出そうとして、途中ですっ転んでできた傷だ。割れた牛乳びんの破片が刺さり、どばっと血が出た。町中に響きわたるようなとんでもない悲鳴をあげて母が駆け寄ってきたから、泣き出すタイミングを失ってしまった。母はおれを抱きかかえ、アパートの外に飛び出した。大きく開いた襟ぐりから白い乳房が揺れるのが見え、なんだかおれはたまらなくなって母の胸に強く顔を押しつけた。青い小花の散ったアッパッパがみるみる血に染まっていった。授乳はとっくに終わっていたのに、母の体からは生臭い乳のにおいがした。

まだおれが小学校にあがる前のことだ。あのころ、おれたち家族は地方の町で暮らしていた（どこでなにをしてたんだか知らないが、親父はたまにしか帰ってこなかった）。駅の周辺にいくつか商業ビルが建っているような、どこにでもある地方都市だ。駅裏のごみごみした飲み屋街を抜け、半分シャッター街と化した商店街をすぎると、ぼろっちいトタン家やアパートの建ち並んだ一帯に出る。陽《ひ》が落ちてからもそこらじゅうに洗濯物が引っかけてあって、闇《やみ》の中、風にあおられて白っぽいシーツがひるがえったりするのが子どものおれにはちょっとこわかった。枯れた鉢植えや柄の折れた蝙蝠傘《こうもりがさ》やサドルの抜けた錆《さび》だらけの自転車、季節はずれの風鈴やラジオの野球中継や激しい諍《いさか》いの声、米の炊けるにおいや干物を炙《あぶ》るにおい、そういったものが、くねくね入り組んだ細い路地にひしめいていた。貧しさとだらしなさと投げやりな気分で作られたドームに町全体がすっぽり覆われているみたいだった。怠惰な空気にあてられ、ガキのおれですら外に遊びに行くのも保育園に行くのも億劫《おっくう》になって、部屋の中で絵を描《か》いたり、ラジオを聴きながらごろごろしたりしていることが多かった。そんなころからおれは流されやすかったんだ。

夕方になるとアパートの二階から町を見下ろし、母が帰ってくるのを待った。カーテンもなにもかかっていない窓から西陽が射し込んで、すりきれた畳やベニヤのたんすやそこらじゅうにぶらさがった洗濯物（部屋ん中にも外にも）、目に見えるぜんぶをオレンジに染めていた。おれは窓枠に腰かけて、もうすぐ通りの先に見えるはずの母を待つ。近所の工場でパートを終え、商店街を通ってコロッケとかおからとか大根とか砂糖まみれのドーナツなんかを買って帰ってくる母親を。手すりから身を乗り出して手を振ると、あぶないからやめなさいと怒ってるのか笑ってるのかよくわからない声で母は注意した。おなかがすいたと甘えるように叫ぶと、すぐに泣きそうな顔になって、ごめんね、ごめんね、とくりかえした。ごっこをしてるみたいな母親だった。

そう、あれはごっこだったんだ。いまになって思い返すとわかる。おれが関係した中にもそういうタイプの女はけっこういた。東京の街のど真ん中で、私といっしょに死んでと果物ナイフ片手に泣き叫ぶ女。目のまわりを真っ黒に塗りたくり、エキセントリックな言動をまき散らして、ナンシー・スパンゲンやコートニー・ラブ——つまりはファムファタルになりたがっていた女。スノッブ趣味のさびしい醜婦。めんどくせえ女だなと思いながら、おれは決定的には彼女たちをきらいになれなかった。どうしようもねえ女。だけど、世界でただ一人の女。

おれの母親は演劇的な女だった。だめな男に苦労させられる女を人生かけて演じているような、そうしてそんな自分に酔い痴れているような。裸電球の下で家計簿をつけながら、突然火がついたようにわっと泣き出したり、両手に買物袋をさげて黄昏《たそがれ》の中を歩いてくる姿は冗談みたいに悲壮感にみちていた。おれがなにを言っても、安手のドラマみたいな通りいっぺんの言葉しか返さなかった。通りいっぺんの、母親っぽい言葉しか。

「一人《かずと》」

時折、細い声でおれを呼び寄せ、ぎゅっと抱きしめた。あなたがいてよかった、あなたのためならなんだってできる。いとおしそうに目を細め、息子の顔を撫《な》でまわしながら、ほんとうにはおれのことなんて見てなかった。おれを通して、息子をいつくしむ自分を見ていた。そういう女だった。貧しさとだらしなさと投げやりな気分しか転がっていないあの町で、あの女だけが異様なほどいきいきとした光をその目に宿らせていた。

だいぶ後になってから「はきだめに鶴《つる》」という言葉があると知った。そのときぱっと浮かんだのは、青白い頰《ほお》にひとすじのおくれ毛をたらした母の横顔だった。

あのころからもうずっと、おれは途方に暮れている気がする。

「あっ、赤ちゃん」

部屋に入ってくるなり、メリは荷物を放り出して赤ん坊に駆け寄った。

「あぶねえからむやみに触んなって。落としたらどうすんだよ」

起きてからずっとパンツ一丁ですごしていたことに気づいて、おれはあたふたと手近なところに脱ぎ捨ててあったジーパンを穿《は》いた。上半身裸のままうろうろと床に転がったTシャツを拾いあげるが、どれも蒸れたにおいがして身につける気がしない。

「もー、大丈夫だってば」

とメリは赤ん坊を抱きあげ、ぽんぽん尻《しり》を叩《たた》く。長いことぷすぷすくすぶったようにぐずりつづけていたさくらが、それでようやく静かになった。

ガキにしては妙に馴《な》れた手つきだった。いまどきは小学校でもこういうの教えたりするんだろうか。保健体育？　家庭科？　道徳……ってことはないよな。腕に抱いた赤ん坊を前後左右に揺らしながら、よしよし、いいこですねー、とひゃらひゃらした声をあげるメリに、おれはなにか落ち着かない気分になってしまう。

「なにしに来たんだよ。こんな大荷物で」

床に放り出されたままのメリの荷物をおれは順に拾いあげた。革のリセバッグは小学校の入学祝いにタカコと金を出しあって買ってやったやつだ。ほかには、百貨店の紙袋と蛍光ピンクのクーラーバッグ。

「もー、夏休みの宿題手伝ってくれる約束だったでしょ。今日行くからねって、何回もメールしたのに」

「そうだったっけ」

「もー」と言ってメリは唇をとんがらせた。麦わら帽子にまっ黄色のワンピース、日焼けした顔。いかにも夏休みの子どもってかんじだ。

「なんだこれ？　電子タバコ？」

菓子やらお茶漬け海苔《のり》やらが入ってる紙袋の中に変わったパッケージの箱を見つけ、

おれはメリにたずねた。

「タカちゃんが持ってけって。いまどき煙草《たばこ》吸ってるなんてダサいから早くやめなって言ってたよ」

「うわー、煙草吸ってたやつに限って言うんだよな、そういうこと」

クーラーバッグを開くと、タッパー詰めされた煮物やなますやぬか漬けなんかがぎっちり入っていた。茹《ゆ》でたとうもろこしや冷凍の炊き込みごはんやハンバーグまである。愛情の押し売りってのは、おそらくこういうことを言うんだろう。「入りきらねえよ、こんなん」キッチンの片隅に置かれたワンボックスの冷蔵庫をちらと見て、おれはため息をついた。

「コーラ飲む？」

冷蔵庫のほとんどを埋め尽くしているコーラとビールを取り出し、おれは押し売りされた愛情を無理やり詰め込んだ。

「えーっ、コーラ飲むと骨が溶けるんだよお、ひいくん知らないのお？」

「飲まねえの？」

「……飲むけどお」

テーブルにコーラを注《つ》いだグラスを置いてやると、メリはさくらを抱いたままソファに腰かけた。ベッドのはしに腰をおろし、おれはガキ二人と向かいあう形になる。

「ずいぶん馴れてんだな。そういうの、どこでならうの。学校？」

赤ん坊を抱っこするジェスチャーをしながらおれは訊いた。

「お盆に、眞由美ちゃんとこの赤ちゃんお世話してあげてたから」

片腕で赤ん坊の体をささえながら、空いた手で器用にメリはコーラを飲んだ。グラスから口を離すと、ぷはあ、とはっきり発音して息を吐く。ペットボトルに残ったコーラを一気に飲みほし、真似《まね》しておれも、ぷはあ、と言った。

「そっか、眞由美ちゃんとこ、生まれたんだ」

「いまさらー？　生まれたのだいぶ昔だよ。三月の終わりぐらい」

「だいぶ昔って大げさな。つい最近じゃん」

「あーあ、ひいくんもついにおじさんだね、そういうこと言うようになったら」

おれは笑った。大人に囲まれて育ったからか、あたりまえのように自分も大人なんだと思い込んでいるようなところがメリにはある。普段から母や姉と丁々発止とやりあってる甲斐《かい》もあって、幼い顔には似合わない大人みたいな口をきく。

「いいじゃん、おじさん。早くよぼよぼのじじいになりたい」

「えっ、なんで？」

「うーん、なんとなく？」

「やだっ、やめてよ。じじいになんかならないで！」

「やめてって言われても……」

静かにしていたさくらが、そこで再びわっと泣きはじめた。

「あーあ。おまえが大きな声出すから」

「ひいくんが変なこと言うからでしょ、もー」

「もー」

「なに？」

「もー、もー」

「真似しないでよ、もー」

さくらを抱いて立ちあがり、小刻みに揺れながら部屋の中をうろちょろしだしたメリにつられておれも立ちあがった。そこかしこに転がった洋服やＣＤや本やなんかに蹴躓《けつまず》いてすっ転ばれでもしたらかなわないと、片っぱしから拾いあげてベッドの上に放り投げる。その中に、洗濯したまま一度も袖《そで》を通してなさそうなＴシャツを発見してなにも考えずに引っかぶった。怠惰な幼少時代を送ったのはあの町のせいではなく、単に生まれもった性質なのかもしれなかった。

「こんな部屋に住んでたら、あなた死んじゃうわよ」

と、昔つきあってた女に言われたことがある。

おれは笑って聞き流した。おれを心配して言っているというより、そうなってほしいと望んでいるような口ぶりだったから。亭主に死なれたら困るが、いっときの寄り道相手が死ねば、思うぞんぶん悲劇を堪能《たんのう》できる。退屈をおそれる主婦の考えそうなことだ。

そもそもこの部屋はおれの部屋じゃない。本来の主であるカナメくんから、ほとんど押しつけられるような形で留守をまかされているのだ。

やばいことになった。しばらく姿を消す。警察がきてもなにも知らないと言い張れ。あとはまかせた。あるとき、夜中におれを呼び出してカナメくんは言った。かなりせっぱ詰まっていたようで、いつもの流れるようなしゃべりかたではなく（カナメくんもごっこをしているタイプの人間だった）ぶつぎりで一方的に用件だけ告げた。はなからおれの返事など求めていない、そういうしゃべりかただった。

おれはなにも訊《き》かずに鍵《かぎ》を受け取った。この部屋とネバーランドのふたつの鍵だ。カナメくんが消えてしばらくのあいだは、ガラの悪いのが乗り込んできて店を荒らしたり、私服警官らしき男がビルの前をうろちょろしたりしていたが、放っておいたらそのうちおさまった。そのころにはレギュラーのバンドが半分以下になり、ネバーランドは一時の勢いを失っていた。

やっかいな荷物を抱えたもんだな、とあわれむようにおれを見るやつがいた。おまえは利用されてるだけだよ、とわけ知り顔で忠告してくるやつもいた。おれは笑って聞き流した。そんなこと、だれに言われなくともわかってる。おれを利用しない人間に、おれは出会ったことがない。

だいたいおれという人間はなんとなくで生きているんだ。自分の意思ではなくだれかの思惑に流れ流されてたまたまこの部屋に辿《たど》り着いただけで、いっこでもなにかちがっていたらぜんぜん別のとこにいたんだろう。ちがう場所でちがう人生を生きている――「ここではないどこか」にいる自分の姿をおれはかんたんにイメージできる。

子どものころからおれにはやりたいことがなかった。おのれというものがすぽんと抜け落ちていた。テレビから聞こえてくる歌謡曲を見よう見まねで振り付きで踊るようになったのは母を喜ばせるためだった。新曲を披露するたびに手を叩いて母は喜んだ。ときには涙ぐみさえした。絵を描けばみんなが褒めてくれたからしょっちゅう絵を描くようになった。どんなことを言って、どんなふうにふるまえばすぐ目の前にいる彼や彼女を喜ばせられるのか、相手が望んでいることが手に取るようにわかった。

最初は母親の気を引くため、次は父親の、食べ物をあたえてくれる近所のおばさんの、教師やクラスメイトや町で声をかけてくる女たちの、かかわる人間すべての一瞬の慰めに、みずからすすんでなろうとした。おれはそういう子どもだった。

たいていのことなら苦もなくできた。勉強も運動も女をこますこともなんでも器用にこなしてきた。引っ越しと転校をくりかえし、しぜんと処世術も身につけた。相手の顔色をそれと気取られぬようさりげなくうかがって、てきとうにおどけていれば大半の女はたらしこめた。金に困ったら、スケッチブック片手に路上に座るだけでなんとかなった。寄ってくる客のほとんどが絵ではなくおれ自身に興味があるみたいだったが、そんなのどっちでもよかった。その日のビール代とメシ代さえ稼げれば。カナメくんに誘われてなんとなくはじめたバンドも何度となくメジャーのレコード会社から声がかかったし、ガキを相手にした便利屋も一時期かなりの評判になっていた。ライブハウス経営の才能だけはあいにくなかったようだが、それでも細々と営業は続けている。他にもちょこちょこいろんなことに手を出し、その都度、見知らぬ新しいだれかがどこからともなくやってきて、おれのしたことやおれの作ったものを褒めたりおだてたりしてくれてうれしかった。楽しかった。

毎日がお祭り騒ぎだった。おれの周りにはつねにたくさんの人がいて、自分が世界の中心なんだと思い込むのは造作もないことだった。おれはしあわせだった。この渦の中にいつまでもいたいと思ったし、いられるものだと思っていた。

なにかとんでもないことをしでかしそうなやつ。みんながそういう目でおれを見る。なにか新しいことを、なにかおもしろいことをはじめてくれないかとみんなが期待するから、おれはそれに応えようとする。すすんで道化になろうとする。求められればいやとは言えなかった。おれはうまくやったと思う。そう、おれはなんでもそこそこうまくやってきたんだ。

だけど、いまではだれ一人、なにひとつ、残っていない。いまおれの手の中にあるのは、かけるあてのない無数の電話番号だけだ。

さあ、次はなにをはじめよう？　どんなおもしろいことをしてやろう？

いつだって飛び込み台に向かう準備はできている。

ただもう、みんな、おれのことを忘れてしまった。

たぶん、アイドルみたいなものなんだろうな、と思う。そういうことをおれが言うと、タカコはすごくいやそうな顔をするんだけど。アイドルってのが図々《ずうずう》しいなら、アニメのキャラクターでも食玩《しょくがん》でも手慰みの編み物でも行列のできる新感覚スイーツでもなんでもいい。一時的にわあっと熱狂するだけして、熱が冷めたら見向きもされない、そういうたぐいのもの。

「あっちいなーもー」

床に転がっていたリモコンを拾いあげ、おれはエアコンの温度を下げた。盆をすぎたというのにこの暑さはなんだっていうんだ。それともなにか、赤ん坊の泣き声が体感温度を上げてるだけなのか。生活感がないはずのこの部屋に、赤ん坊が一人放り込まれただけで様子がぜんぜんちがう。

「ねえ、ひいくん。この子何ヶ月なの？」

赤ん坊の泣き声に負けじと、メリが声を張りあげる。

「さあ」

「さあって、もー。いいかげんなんだからあ。そうだなあ、大きさ的には眞由美ちゃんとこのしんちゃんと同じぐらいだけど……」

「三月生まれってことは、五ヶ月ってことか」

汗で貼《は》りついた髪をTシャツの袖で拭《ぬぐ》い、おれは換気扇のスイッチに手を伸ばした。起きてからずっとがまんしていた煙草に火をつける。「あーっ」と背後から非難するような声があがったが、無視した。

個人差もあるだろうから一概には言えないけれど、名前が名前だけにさくらも桜の時期に生まれたと考えてよさそうだ。そこから逆算すると、いつ仕込んだことになるんだろう。生まれるまでにだいたい十ヶ月と考えると、去年の春から夏にかけてぐらいか。とすると、さくらの母親は——?

「ところで、ひいくん。この赤ちゃん、どうしたの?」

思考を邪魔するようにメリの声が割り込んだ。

とっさに答えられず、困ったときにはいつもそうするようにおれはにっこり微笑《ほほえ》んだ。


さくらがおれの子どもだったとして、思いあたる相手が一人いる。去年の春から夏にかけて、ほかにも関係した女は何人かいたのだが、ぱっと頭に浮かんだのはその一人だけだった。

ベジという女だ。ほんとの名前かどうかはわからないが、そんなことはどうだっていい。

いろんな女とつきあってきたけれど、ベジのような女ははじめてだった。六〇年代のヒッピーみたいな格好をして(といっても渋谷なんかでよく見かけるファッションヒッピーじゃなくてガチなやつ)、腰まで伸びた長い黒髪を脂でべったべたにして体中から異臭を放っていた。腋毛《わきげ》も脛毛《すね》もぼうぼう伸ばしっぱなしで、爪《つめ》は歯で嚙《か》みちぎったみたいにぼろぼろで、皮膚とのあいだに汚れが溜《た》まって黒くなっていた。ろくに洗濯もしないのだろう。麻の上っぱりと革のパッチワークベスト、ギザギザした柄のロングスカート。いつも同じ服ばかり着て、動物の骨でできたネックレスを首からぶらさげていた。肌寒い日にはイスラム女みたいにヤクの毛布を頭からかぶり、夏が近づいてくるとタンクトップ一枚になった。ガリガリに瘦《や》せていて、胸も腹も尻もぺちゃんこなのに顔だけがまんまるだった。化粧はしておらず眉毛《まゆげ》もぼさぼさでうっすら髭《ひげ》が生えていることまであり、子どものようにも老婆のようにも見えた。てっきりベジタリアンなのかと思っていたが、野菜はきらいでなにより肉が好きだという。さぞ奔放で、けものじみたセックスをするのかと思ったら、ベッドの中ではしおれた草のようにおとなしくしている。

出会ったのは、桜が満開の代々木公園だった。

去年の春先、ライブが終わって出演バンドやスタッフとネバーランドで飲んでいたら、「花見に行こう」とだれかが言い出した。ライブの余韻と酒の勢いもあってか、みんなでぞろぞろ酒とつまみを担いで代々木公園まで歩いていった。

週末なので混んでいるかと思ったが、すでに終電の時刻をすぎていたからか難なくスペースを確保できた。それでもまだぽつぽつと花見客は残っていて、遠くから酔っぱらいの笑い声や調子っぱずれの歌声が聞こえてきたりした。ケツメイシとか森山直太郎とか、桜と名のつく歌ばかり。おう、お花見ギグやってるぞ、だれか対抗して歌えよ。バーカ、花見で歌うのはプロじゃねえよ。あんなのただの聞かせたがりだろ。ひゅー、かっこいー。なんて最初のうちは言ってたのにだんだん興がのってきて、だれかがギターを弾きはじめ、それに合わせてだれかがパーカッションを叩き出すと、その場はライブ会場に早変わりした。おれはビールを飲み、店から持ってきたナチョスやピクルスをつまみながら、音楽に合わせてゆらゆら揺れていた。

風が吹くたび、薄い闇《やみ》の中を桜がざらっと流れて、あちこちから歓声があがった。花より団子、花より団子、食うのに必死でだれも桜なんて見ちゃいねえ、と言って笑っていたけれど、ここぞって肝心なときには、みんな律儀に反応するのだった。驟雨《しゅうう》のように降る桜に打たれ、おれは目を閉じた。まぶたの上を白い花びらが滑っていくのがわかった。目で見たってどうせおれにはなんの感想もなかった。みんながきれいと言えばそうかなと思うし、みんながこわいと言えばそうだなと思うぐらいで。だいたい桜というのはお膳立てされすぎていて、どうにも気恥ずかしさのほうが先に立つ。

「ビールちょうだい」

声をかけられて、おれは目を開けた。それがベジだった。すぐ隣にしゃがみ、おれの飲みかけのビールに手を伸ばしてベジは言った。「ねえ、その飲みかけでいいからさ」

花見をしてると寄ってくるホームレスのおっさんがたまにいるが、それと同じにおいがベジからはした。おれは黙って飲みかけの缶をベジに渡した。どちらにしても、こういった手合いをおれはきらいじゃなかった。「ここではないどこか」にいる自分の中で、いちばんくっきり鮮やかにイメージできるのは垢《あか》じみた風体で路上生活している姿だ。

「もっと飲む？」とたずねると、ビールに口をつけたままベジは何度かうなずいた。ビールのロング缶を二本と安物のワインを一本くすねて、おれは花見の座を抜けた。おれの行動にいつも目を光らせているはずのタカコは、心ここにあらずといった様子でぼんやり桜を見あげていたから、抜け出すのはかんたんだった。

広い園内をふらふらとおれたちは彷徨《さまよ》った。そこらじゅうの木陰でカップルがことに及んでいて、落ち着ける場所がなかなか見つからなかった。歩きながらベジはあっというまにビールを空けてしまい、スクリューキャップを開けてワインの瓶に口をつけた。

「やってる、やってる」

暗がりを指さしちゃらけた声でおれが言うと、ベジは興味なさげに鼻を鳴らすだけだった。おれのお得意の道化はベジにはまったく通用しないみたいだった。

やっとてきとうな場所を見つけて腰をおろすころには、ワインもほとんど空になっていた。すでにかなり飲んでいたというのもあったけれど、ベジの体臭と花の濃いにおいにむせそうで、おれはロング缶一本も飲みきれずにベジに奪われた。

「いつもそんな飲むの？」

「飲めるときには」

唇から垂れたビールを手の甲で拭い、ぶっきらぼうにベジは答えた。

それから、「おしっこ」と言って立ちあがり、なんのためらいもなく手近な木の陰にしゃがみこんだ。やがてちいさな水音が聞こえてきた。花のにおいがいっそう濃くなった気がして、うまく息ができなかった。そうか、春なんだな、とあきらめるようにおれは思い、近くの木陰にしゃがみこんで胃の中のものをぜんぶ吐いた。

おれは春がこわい。そこらじゅうで生き物が蠢《うごめ》いている気配がして、深く考えると吐きそうになる。目に見えないいろんなものが大気にひそんでるかんじがしておちおち息もできない。春にはおかしなやつが増えるっていうけど、そりゃそうだろ。こんなくるった季節に正常でいられるほうがどうかしてる。

おれはネバーランドにベジを連れ帰り、ぞんぶんに酒を飲ませてやった。風呂に入れてやり、体をすみずみまで洗ってやった。前にもこんなことがあったな。ほんの一瞬、鋭い既視感がよぎったが、春霞《はるがすみ》にぼんやりした頭でははっきりと思い出せなかった。その気はなかったのに下半身がもったりした熱を帯びはじめ、そしたらもう辛抱できなくなって、シャワーを浴びながら後ろからベジを突きあげた。アルコールを飲みすぎてがまんできなかったんだろう。おれに突かれながらベジは小便を漏らしていた。

それからもベジはたまにやってきて酒や飯をたかり、風呂に入って垢を落とし、礼のつもりなのか、きっちり一度だけセックスすると帰っていった。連絡先もどこに住んでいるのかもなんにも知らされていなかったから、向こうからやってくるのを待っているしかなかった。何度かほかの女とかちあうことがあったが、ベジはまるきり意に介さず、飲んで待ってるからさっさと終わらせろとばかりに冷蔵庫の前にあぐらをかいて勝手に一人で飲みはじめた。ベジと対面した女たちは決まって驚きに目を見開き、まさかねえ？　と優越感のにじんだ目でおれに問い、最後には言葉もなく部屋を飛び出していった。女たちに調子を合わせ、ちょっと目をすがめて嗤ってやればよかったんだろうが、おれはそうしなかった。そんなことぐらいで——おれがなにをしたところでベジは気にもしなかっただろうから、千円札を何枚か握らせて追い払い、残された女とよろしくやればすべてが丸くおさまるはずだった。そうしなかったのは、平らかなベジの体を灰色の泡で撫でまわす遊びのほうが、そのときのおれには魅力的に思えたからだ。

最後に会ったのは六月のはじめの蒸し暑い日だった。近くの焼鳥屋に開店と同時に押し入り、口のまわりを脂まみれにして腹がはちきれるまでたらふく串《くし》を食らった。部屋に戻り、いつものようにシャワーを浴びてセックスをした。

とくになにか変わったことがあったわけではないけれど、それきりになった。どうしたのかと最初のころこそ気にしていたが、そのうち思い出すこともなくなってしまった。餌付《えづ》けした通い猫が急に姿をあらわさなくなったぐらいのことだと思っていた。いまのいままで。

あのとき、ベジが妊娠していたとしたら？

猛烈な吐き気がこみあげてきて、おれはシンクに煙草を投げ捨てトイレに駆け込んだ。朝からなんにも食べてなかったから、さっき飲んだコーラと胃液しか出てこなかった。胃液で焼けた食道がひりひりする。

「やれやれ」

おれはつぶやいて、Ｔシャツの胸を撫でさすった。

友だちに預かってくれと頼まれたんだ、という苦しまぎれの嘘《うそ》をメリは信じなかった。

「友だち、ねえ」

しきりにくりかえし、訝《いぶか》るような目でおれを見る。

どうやら枝葉の部分に引っかかっているらしく、肝心なところには疑いを持っていないようなので、ひとまずその方向で押すことにした。

「そうそう、友だち友だち」

へらへら笑ってピースすると、もともと底辺に近いおれの信用は完全にゼロになったようだ。メリの目がたちまちあの目になる。継母やタカコがおれの親父を見るときと同じあの目。ものも言わずダメ男を糾弾する女の目。

「もー、これだからひぃくんは。まあいいけどさ、赤ちゃんかわいいいし」

そう言ってメリは、腕の中のさくらと目を合わせた。ねー、さくらちゃーん、とまるでばばあみたいな気色悪い声をあげる。

「かわいいか?　うるさくてめんどくさいだけだろ、こんなの」

メリが赤ん坊だったときのことをおれは思い出した。妹だと言われても正直まったくぴんとこなかった。言葉を持たず、泣くことでしかなにかを伝えられないなんて、なんと不自由なんだろうと思った。不自由でかわいそうだと。短い手足をじたばたさせ、一人では生きられないと全身で訴え、あられもなくだれかの手を必要としているちいさな命。だれかに捨てられる恐怖も、だれかの枷《かせ》になる憂鬱《ゆううつ》も、まだ知らないでいる愚かで幸福な生き物。見ているだけで胸の底がちりちり焦げついて、たまらない気持ちになった。遠い記憶の彼方《かなた》でなにかが点滅するが、意識してそちらを見ないようにした。これだからひいくんは、と呆《あき》れたようにため息をつき、鋭い目つきでおれを糾弾するメリのほうがずっといい。

「なんでー?　かわいいじゃん。赤ちゃんだーいすき」

おれはぞっとしてメリを見た。きれいに並んだ歯のあいだからピンクの舌がちろりとのぞいている。ぞぞ、と背中をなにかが這い回る。さっきまで泣いていたせいか、まだらに赤く染まったさくらの頬に唇を寄せて、だめ押しのようにメリが言う。「いいなあ、赤ちゃん。あたしもほしい」

再び吐き気がせりあがってきそうになって、思わず口元をおさえこんだ。

「どうしたの、ひいくん。顔色わるいよ」

「おまえさあ、そういうこと、あんまむやみに言うもんじゃねえよ」

「ママとタカちゃんもおんなじこと言ってた。そういうのは無駄打ちしちゃだめだって。時と場合と相手を見きわめて狙い打ちしなきゃマショーにはなれないって」

「やだおれ、ほんときらい、あのふたりの悪ノリ」

「えー?」

おもしろがるみたいな顔でメリは笑っている。そこに、かすかな媚態《びたい》が見え隠れするのを察知し、おれはますますげんなりする。ほんとにもう、かんべんしてくれ。

と、そのとき、

「あっ」

メリが叫んだ。おいおい今度はなんだよ。

「うんちしてる」

「まじかよ」

おれはいますぐこの場から逃げ出したくなった。

「おむつの替えは?　あ、それと、ウェットティッシュある?」

あれこれ指図しながら、メリはベッドにさくらを寝かせた。ベビー服のスナップを外し、汚物の溜まったおむつを広げる。おれは息を止めて、極力そっちを見ないようにした。窓を全開にして空気を入れ替えたかったが、あいにくこの部屋には申し訳程度のちいさな窓しかない。おれは換気扇をマックスにして、ウェットティッシュのかわりにタオルを濡らしてかたく絞った。ほらよ、とタオルをメリに投げ渡し、籐かごの中を探ってみたが替えのおむつが見当たらない。

「そんなわけないでしょ。もー、ちゃんと見てよ」

ぐずぐずしているおれを押しのけ、メリはみずからかごの中を探り出した。いったい、こいつはなにをそんなにはりきっているんだろう。

「ない、ほんとにない。しっんじられないっ！　おむつどころか、ミルクもなんにもないとかありえないんだけど！　預かるときにいっしょに渡されなかったの？」

腰に手をあて、目をつりあげて怒鳴りちらすメリに圧倒され、おれは黙ったままうなずいた。

なんかこいつ、おばさんっぽいな。

さっきからなにかに似ていると思っていたが、ようやく思いあたった。あれだ。結婚式やなんか、とにかく人がいっぱい集まるハレの場で、大声でわめきちらしながら忙しげに動きまわっているおばさん。あれにそっくりなんだ。

「もういい、買ってくるからお金ちょうだい」

「それならおれが」

行ってくる、まで言い終わらないうちに、キッとにらみつけられた。

「ひいくんが行ってもわかんないでしょ！」

日雇いバイトで稼いだなけなしの一万円札を巻きあげると、行ってきますも言わずにメリは飛び出していった。他人の言葉に耳を貸さないところとか、まわりが見えていないようでぜんぜん見えていないところとか、ますますハレの日のおばさんっぽかった。

そうして再び、おれは赤ん坊とサシになった。

ベッドの上では、さくらが恥じらいもなく脚をおっぴろげている。汚れはきれいに拭《ふ》き取られ、つるんとすべて剝《む》き出しになっている。むっちりと張りつめた二本の脚のあいだに、木べらですっと切れ込みを入れただけのような性器を見つけ、おれはうろたえる。そこにあるってわかりきってるのに、改めて見てしまうと衝撃的だった。

つつ、と耳のうしろから背中にかけて、汗がひとすじ流れ落ちていく。

そういえば、息子のものを咥《くわ》える母親の話はまれに聞くが、その逆は聞いたことがないな。

「……………いや、いやいやいやいや」

ふと浮かんできた思いつきに、いくらなんでもそれは、と自分でつっこんだ。こういうときに限っておれは余計なことを考えてしまう。余計な、ふざけたことばかり。おれの親父も相当アレな父親だけど、輪をかけておれも相当な気がする。

「やれやれ」

おれはやっと覚悟を決めた。

床の上に放置されたままの汚れた紙おむつとタオルを丸めてゴミ箱に捨て、新品のタオルをおろしてさくらの下半身に巻きつける。脱げてしまわないようにタオルのはしっこを腹にたくしこみ、べろんとたるんだ部分をビニールテープで留めてみたが、いかにも頼りなかった。っていうかこれじゃ、いっぺんでも小便したらアウトな気がする。ベッドの上で漏らされでもしたらかなわないと、おれはこわごわさくらの両脇に手を差し込んだ。

「わ、わ」

あんまりかんたんに持ちあがるから、つい声が出た。

なんだこれ。

なんなんだよこれは。

おれは急いで籐かごの中にさくらをおさめた。手を離したとたん、泣こうか泣くまいか、迷っているような顔をさくらはした。感情の置き所を見失ってしまったみたいに。

ああ、そっか、とそれを見ておれは思う。こんなにちいさくても同じなんだな、と。うれしいのかかなしいのか、楽しいのかさびしいのか、いまこの瞬間の気持ちがわからなくなるのは、なにも大人に限ったことじゃないんだ。うまくごまかすすべを身につけた分だけ、大人のほうが迷子《まいご》になりやすいってことはあるかもしれないけれど。

泣き出すかわりに、さくらはなにかをつかむように手を伸ばした。ひとさし指を差し出してやると、ちいさな手が巻きついた。そのしめった感触とせいいっぱいの握力におれは打ちのめされる。

どうして？　おれにはわからない。どうしてこんなもの、捨てられるんだよ。

無責任な猫のように産み捨てたというならまだわかる。はなから一瞥《いちべつ》もくれずに、ドライに切り捨てて逃げ出したのなら（それは、いかにもベジがやりそうなことだった）。

だけど、実際はそうじゃない。そうじゃないから、わからないのだった。一度でも腕に抱いたことがあるならどうして？　わざわざやさしい色合いの布を選んで体をくるんでやり、ミルクを与え、汚物の始末をして、そうまでしてやったのにどうしていまさら？　一瞬でも慈しんだんじゃねえのかよ。どうしていまさら手を離せるんだよ。わからない。おれには、なにひとつ、わからない。どんな答えが返ってきたって、わからないしわかりたくもない。わかるわけねえだろ、そんなの。

そのとき、ごく控えめにドアをノックする音が聞こえた。

「メリ？　どうした？」

言ってから、そうじゃないと気づいた。

「だれ？」

おれはかごごとさくらを持ちあげてドアに近づいた。

ドアのむこうにだれかの気配がある。息を詰めて、こっちの出方をうかがっている。このままバックレてしまおうかどうしようか、迷っているように感じられた。ドアを開けようとして、おれはためらう。わからない。どうすればいいのか、おれには。おまえはどうしたい？　目だけでさくらに問いかけるが、黒く濡れた瞳《ひとみ》でおれを見あげるだけで答えは返ってこない。

「どうしたいか言えよ。言わなきゃわかんねえよ」

おれの揺らぎが伝わったのか、わっとさくらが泣き出した。

橋の上におれは立っている。

Sの字に蛇行する太い川の、ちょうどまんなかあたりに架かった橋だ。正面に青々した小ぶりな山がかまえていて、橋を渡りきると自動的にトンネルに突入する。暗闇にオレンジ色の明かりが帯のようにのびている。さっきまで橋の上を歩いていたのに、トンネルに入ったとたんなぜかおれは車を運転している。どうしよう、とおれは焦る。おれはまだ子どもで、免許なんて持っていないのに。けれど、古い国産のミッション車をおれは難なく運転している。

向かう先は決まっている。ほうぼう手を尽くして調べあげた住所を読みあげると、カーナビが応答する。右折です。機械の女の声が告げる。この車にカーナビなんてついてたっけと思いながらおれは右折する。右折してください。また右折。右折してください。同じ場所をぐるぐるまわっているだけのような気がしてふと不安になるが、指示どおり右折をつづけていると、やがて一軒の家の前に出る。野っ原にぽつんと一軒だけ建っていることを除けば、なんの変哲もないどこにでもあるような建売住宅だ。大きくもちいさくもない、ごくごくふつうの。ふつうを絵に描いたような。

春の宴のごとく、庭にはいろとりどりの花が咲き乱れている。レンガを敷き詰めた短いアプローチ、モッコウバラを巻きつけたアーチ、足の踏み場もないほど並べられた鉢植えのあいだをぬうように、白い犬が歩きまわってきゃんきゃん吠《ほ》える。裏口からサンダルをつっかけたエプロン姿の女が出てくると、犬はさらにわめいて女の足にまつわりつく。あらあら。笑い声をあげながら女がホースの水をまき散らすと、そこらでちいさな虹《にじ》ができる。いつのまにかおれは車を降りて、柵越しにそれを眺めている。こみあげる吐き気を噛み殺しながら眺めている。

「だれ？」

気配に気づいて、女がこちらを見る。猜疑心《さいぎしん》を隠そうともせず剥き出しにして。おれはなにか言おうとするのだが、あ、とか、う、とか、言葉にならない声が喉《のど》から漏れるだけでなにも伝えられない。なにひとつおれは伝えられない。言葉を知らない赤ん坊に戻ってしまったみたいに。

「あ」

おれの姿に気づくと女は短く息を吐き、とろけるような笑顔になった。それを見ておれは泣きそうになる。もう大丈夫だ、と心底ほっとして膝《ひざ》から崩れそうになる。

「そんなところでなにをしているの？」

女はおれにたずねる。そのときにはもう、暖かい家の中で女の膝に顔をうずめ、甘いお菓子を口いっぱい頬ばりたいという欲望ではちきれそうになっている。

「もう陽が暮れるわ。早く帰らないとおうちの人が心配するわよ」

けれど、女はそう言ってあっさりおれに背を向ける。白い犬が鼻を鳴らし、気づくとあたりは真っ暗で、家の中から赤ん坊の泣き声がする。はいはい、と応えて女は小走りに家の中に戻っていく。泣かないで、泣かないで。しきりに女がくりかえす。あやすというよりまるきり甘えているようなその声を聞きたくなくて、おれは真っ暗な野っ原を駆け出す。足がもつれて思うように走れず、声は遠のくどころかどんどん近づいて耳から押し入り脳みそを埋め尽くしていく。やめろ、やめてくれ、と叫ぶ自分の声で、いつも目が覚める。

　くりかえし、何度も同じ夢をみる。

　母親に執着があるわけじゃない。嘘でも強がりでもなく。そのほうがわかりやすくていいなと思うけど、残念ながらそうでもないんだな。会いたいかっていわれたら微妙なとこだし、愛とか情とかいわれても。なにをいまさら。

　ただ、どうしたって、きらいじゃない。

　きらえない。あんなどうしようもない女でも。

「さくら！」

ドアを開けるが早いか、女は手を伸ばしておれからさくらを奪い取った。かごの中で身をつっぱるようにして泣いていた娘を抱きあげ、ぎゅうっと抱きしめる。身勝手で一方的な抱擁は、なにもおれの母親にかぎったことじゃないんだな、とそれを見ておれは思う。

派手な服を着た若い女だった。ホットパンツからむっちりした脚をまるだしにし、服も靴も小物も、いちおう流行をおさえてはいるのだが、我がもの顔で渋谷を歩く生粋のギャルたちとはどこかちがって、拭いきれない野暮ったさがある。ちょっと気の毒になってしまうぐらいに。あの置手紙を書いたのはこの女だと、それですぐにわかった。

「もしかして、みえちゃん？」

弾《はじ》かれたように女が顔をあげる。たしかに見おぼえのある顔だった。ぎょっとするような青色のコンタクトとラメラメの厚化粧に惑わされて、すぐにはわからなかったが。

「……ごめ、ごめんなさい。あた、あたし……」

責めたわけでもないのに、みえちゃんまで泣き出してしまった。腕の中で泣きつづけるさくらにひしとしがみつくようにして、わんわん声をあげて泣く。泣けば許されるとばかりに。

「あー、もう、泣くな泣くな」

この母娘《おやこ》には悪いけれど、内心おれはほっとしていた。さくらの母親がベジじゃなくて。さくらがおれの娘じゃなくて。

みえちゃんは、何年か前に便利屋で世話してやった子だ。誓って言っておくが、やってない。自分で染めたまだらな金髪の、ろくに化粧の仕方も知らないようなおぼこ娘だった。田舎から家出同然で東京に出てきて、住むところも仕事も頼れる人もなくネットカフェで寝泊まりしていたときに、便利屋の評判を聞きつけたらしい。東京で一人で生きていけるようにして、と彼女はおれに依頼してきた。そんなの神様にだって不可能だよ、とおれは笑ってはぐらかしたのだが、みえちゃんの目はマジだった。

東京で一人で生きていけるようにしてやることはできないが、東京でどうにか暮らしていけるための準備なら手伝えたので、そうしてやった。知り合いのスカウトマンに仲介してもらい、みえちゃんは寮完備のキャバクラで働きはじめた。当時つきあっていた美容師の女の子に頼んで髪をととのえ、化粧の仕方を指導してもらった。店にも何度か顔を出し、安いボトルを入れてやったりした。みえちゃんのほうでも、定期的にネバーランドに顔を出したり近況を知らせるメールをしてきたりしていたが、そういえばここ二年ぐらいごぶさたしていた。

たいした儲《もう》けにはならないし、徒労に終わることが多かったけど、便利屋の仕事はおれの性に合っていた。だれかに必要とされ、だれかのためになにかしてやるのが、おれの生きがいなんだから。

もともとはカナメくんが仕入れてきた大量のドラッグを、東京中のガキどもにばらまくつもりではじめたことだった。ドラッグとはいってもマリファナやLSDとかそんな程度のものだったが、店で売ると足がついてしまうし、そのへんのディーラーに売りつけるのでは足元を見られる。「効率わりいなあ」と最初のうちカナメくんはぼやいていたけれど、東京のガキどもはおれたちが思っているよりずっと退屈していたようで、予想していたより早く捌《さば》けた。その売上を持って、カナメくんは逃げた。あんな大量のドラッグをどこで手に入れたんだか、カナメくんは言おうとしなかったしおれも訊かなかったけど、おそらくそのせいで東京にいられなくなったのだろう。下手したらおれも危なかったのかもしれないが、いまんとこなんとか生きのびている。

カナメくんがいなくなってからも便利屋の電話は鳴り続けた。カムフラージュだったはずの便利屋の看板が独り歩きしはじめたのはそれからだ。

「最初はそんなつもりじゃなかったの。ただなんとなく、ヒトリのこと思い出して、どうしてるかな、と思って」

泣き崩れてどろどろになった顔でつっかえつっかえみえちゃんは言った。

「びっくりした。まだここに住んでると思わなくて。それで」

つい、とおびえるような目でおれを見る。

「でも、戻ってきたじゃん」

そう言っておれは、汗をかいてぬるくなったコーラを渡してやった。片腕にさくらを抱いたまま、みえちゃんはごくごくコーラを飲んだ。げふっと思いきりげっぷしたみえちゃんにおれは思わず笑ってしまう。だめだなおれは、こういうのに弱いんだ。

「ほんとにヒトリが、この子の父親だったら、どんなにいいだろうって思ったんだ」

「なんでおれ？　これほど信用ならんやつもいないだろうに――って自分で言ってりゃ世話ないけど」

「だって、ヒトリはなんでもできるじゃん。ヒトリにまかせておけば、ぜったいぜったいなにがあっても大丈夫だって思えてくる」

「なんだそれ、スーパーマンみてえ」

「スーパーマンだよ、あたしにとっての」

上京したてのあのころと同じように、マジな目をしてみえちゃんは言った。おれはみえちゃんを抱きしめてキスしたくなったが、さくらの姿が目に入ってすぐにひるんだ。やばいやばい。ほんとにおれというやつは、なんて流されやすいんだろう。

「おれだって、できないことぐらいあるよ」

「おむつを替えるとか？」

みえちゃんはそう言って、さくらの下半身に巻きついたタオルをつまんだ。

「そうそう、女の子の扱いには自信あるんだけど。赤ん坊はな、さすがにお手上げだわ」

くるくる目玉をまわし肩をすくめてみせると、みえちゃんはあははと声をあげて笑った。化粧が溶けて目のまわりが真っ黒になっていたけど、笑ったみえちゃんはかわいかった。目の前のだれかが笑ってくれるなら、おれはいくらでも道化になれる。

それ以上、おれはなにも訊かなかったし、彼女を責めたりもしなかった。さくらの下半身からぶさいくなタオルを剝《は》がし、バッグから取り出した紙おむつに替えてやるみえちゃんを黙って見守っていた。

なあみえちゃん、東京で一人で生きてくなんて、無理な話だったろ。根元が黒く、プリンになってるみえちゃんの頭に向かって、おれは心の中で語りかけた。この二年のあいだになにがあったんだか知らないけど、知りようもないけどさ、くじけそうになったらすぐに電話しろよ。会いにきなよ。そのためにおれはいるんだから。せいぜい利用すればいいんだ。ここではないどこか、じゃなくて、ここで生きていくために。二度とその手を離さないために。離すなよ、みえちゃん。

「がんばれよ」

　プリン頭に向かっておれは言った。


　さくらを抱えてみえちゃんが出て行ったのと入れ違いに、両手にドン・キホーテの袋をさげたメリが戻ってきた。

「ずいぶん遅いと思ったら、ドンキまで行ってたのかよ」

「だって、ぜんぜんなってないんだもん、この辺のドラッグストア。駅前のとこなんて、化粧品しか置いてないんだよ」

　どうやらいまだにおばさんモードは続いているようだ。

　やれやれとおれは苦笑し、

「さくらは帰ったよ」

とごくシンプルに事実を告げた。

「えっ!」とメリがすっとんきょうな声をあげる。声に合わせて、ぴょんと体が跳ねた。「なんで?」

おれはまた笑う。今度はふへっと息が漏れるような笑いかたになった。

「だから言っただろ、友だちから預かってるって。ついさっき母親がきて連れて帰ったんだよ」

「えええええっ」

ほとんど絶叫だった。おれはメリの手から黄色いビニール袋を引き取って、中身を確認した。紙おむつにウエットティッシュに粉ミルクに哺乳瓶《ほにゅうびん》。瓶詰めの離乳食やおしゃぶり、おもちゃや替えの肌着まである。

「どうすんだよ、こんな買ってきて。金は? ぜんぶ使ったの?」

黄色いワンピースのポケットから出てきた釣銭は、わずかばかりの小銭だけだった。

あーあ、とおれはため息をついた。

「金ないから、今日はどこにも遊びに行けねえぞ」

「だーかーら! 遊びにきたんじゃなくて宿題しにきたんだってば」

「腹減んない? 炊き込みごはんチンして食う?」

「もー」

「もー」

「だから、真似しないでって言ってるのに！」

「ふぐみてえ」

ふくれたメリのほっぺをつついて、おれはげらげら笑った。やめてよ、もー、とメリはさらにふくれて乱暴におれの手を振りはらう。やめてよもー、やめてよもー。メリの怒った顔がもっと見たくて、おれはさらにちょっかいをかける。

さあ、次はなにをはじめよう？　どんなおもしろいことをしてやろう？

いつまでもおれはあのときのまま、窓際に座ってだれかを待ちつづけている。いつまでも、いつまでも、いつまでも。

二〇一二年七月　実業之日本社刊
（『東京ネバーランド』を改題）

実業之日本社文庫 よ32

うたかたの彼《かれ》

2015年12月15日　初版第1刷発行

著　者　吉川《よしかわ》トリコ

発行者　増田義和
発行所　株式会社実業之日本社
〒104-8233　東京都中央区京橋 3-7-5 京橋スクエア
電話 [編集]03(3562)2051 [販売]03(3535)4441
ホームページ http://www.j-n.co.jp/
印刷所　大日本印刷株式会社
製本所　株式会社ブックアート

フォーマットデザイン　鈴木正道（Suzuki Design）

ISBN978-4-408-55270-5（文芸）